斷棒

陳尚季

短篇小說集

目次

推薦序

場、斯塔德與那些曾經駐留的一切

——關於陳尚季的棒球小說《斷棒》

吳明益（作家、國立東華大學華文系教授）

我大學一年級的時候，正是職棒成立開打的元年。那時聯盟為了鼓勵球迷看球，每場都發一千五百張外野免費票。我常和死黨在週三半天課後，從新莊騎機車到現在的小巨蛋所在位置，等著排隊領票。有時票房太好沒有排到，課又上得太晚，只好在場外徘徊。那時臺北球場外野只有水泥看台，場外都有賣烤香腸的攤販，買一根香腸在外面等著，可以看到最後一排球迷的身影，並且聽到場內的歡呼聲。大概七局過後，聯盟的收票員就會撤走，球迷可以自由出入球場，有時甚至連小販都會把賣完的攤子放在一旁進去看球。我當時跟死黨說，如果以後沒有工作，可以來球場賣香腸，賣到第七局就可以進球場看球。

球員夢也是作過的，我們當時組成了一支球隊，在二重疏洪道和永和中正橋下到處找人打球。因為球技不佳怕取了太過強悍的隊名讓人訕笑，我們以複雜的心情把隊名 Toads 燙在球衣上，至今這套「蟾蜍們」的球衣我仍然收藏著。

好像是我大二還是大三那年，兄弟隊舉辦了僅僅一屆的「棒球小說獎」，為了隊上能有一套壘包，我寫了一篇去參加。那是我第一次踏進高級飯店，也讓我短暫幻想過靠寫棒球文章謀生的念頭。但我是一個有自知之明的人，我深知自己對一件事的愛有多深。我知道自己對棒球的愛，不配寫棒球小說，所以寫了一篇我就打住了。

所以當尚季告訴我，他想用棒球主題當成第一部作品的主題時，我有一種特殊的心情——好像有點期待，好像有點羨慕。

尚季大學的時候曾經以詩獲獎，因此進研究所後，他跟我說想找我指導寫小說時我請他多多思考。不過尚季並沒有因此打退堂鼓，每隔一段時間，就會傳一篇小說給我。由於他喜歡釣魚，因此他寫了幾篇關於釣魚的小說，讓人想起模仿海明威部分短篇的痕跡。不過我總覺得他不在「那裡」。

有一回我帶他們到荖溪下游走溪，隔週他傳了訊息給我：「今天我又去一趟荖溪下游，才發現溪流快死了。沿路的魚屍，大部分是苦花、溪哥、石賓、竹篙頭，為數不少的日本禿頭鯊，更特別的是野生的鱉和土虱幼魚。上禮拜來的地方，這禮拜來完全不一樣。我用手捧起水裡翻肚的竹篙頭，剛死去的身體還有一點黏液，溪水伴隨黏液留在我手上，多了一點生物的腐臭。整條溪流籠罩在腐爛之中，就算有水的地方也沒有生物。看到死亡，心情都是一樣低落。我開始懷疑這一切是否真的是枯水造成的，因為魚都死在水裡，連生存力很強的鯽魚都死了。除了死在乾枯河床上的魚，大部分的魚都死在水裡。底部還有大量的蝦蟹，都是死亡的狀態。我走在惡臭的溪水裡，突然看見一隻白腰雨燕停在橋下的石頭上，看起來像是受傷，不太能飛，我詢問有養鳥的朋友，將雨燕放在高處的臺階上，等待鳥爸媽來找牠。很長一段時間，牠爬到我左手二頭肌的地方，抓著我的衣服安靜地睡著了。我相信牠是睡著的，或是牠正在忘記那些恐怖的死亡現場，我猜想牠可能看到有人毒魚或是電魚，牠看著我的時候，晃動著頭、拍打翅膀，眼睛光亮但有一點憂傷。最後我在一點小雨中離開溪床……。」

這不是完整的信件，最後幾句，尚季真情流露，但也稍顯傷感氾濫。這是尚季的真性情，但也讓我注意到，尚季跟多數想寫作的年輕學生一樣，缺少的不是感性，而是冷眼藏心。

尚季除了釣魚跟自然題材的作品，寄給我的另一類作品跟他喜愛的棒球有關。他不僅喜歡看球，也打球，對棒球史或棒球紀錄的一些細節，乃至於各種運動都感興趣。這使得我們的談話時光變得自由而自然。我第一次覺得或許可以朝這方向寫寫看，是他寄來的一篇題為〈褐色的眼珠〉的作品。我一讀就知道那是以我曾經很喜歡的一位味全龍隊洋將艾勃（Milton Harper）做為主人翁寫成的。艾勃是在臺灣墜樓而死的，他的死因有許多說法，有人認為和毒品或者賭博、友情或是愛情有關，不過都無法證實。在最後的完稿裡，這篇作品改為〈被藍眼睛捕捉的事〉，小說中的哈伯是一個曾經舉槍自戕因而裝上機械義眼的小聯盟球員（這個設想來自美國職棒球員 Drew Robinson 曾自殺未成，失明後重返球場的故事），來臺灣後和喜歡觀星的防護員小虹之間的微妙關係。由於小說裡提到的海爾—博普彗星（Comet Hale-Bopp），因此在年份上，和艾勃的死巧妙地錯開了，這意味著它並不是一篇徵信或想破解公案的小說，而是想藉想像來表達作者自身對人性提問的作品。

隨著一篇一篇作品的開展，可以看出棒球「賽」並不是尚季的重點，他更關注的是藉由棒球這種許多臺灣人關注的運動，去思考他的生命議題。球場確實只是一個「場」（field），場上與場下（空間），進入球場前與離開球場後（時間）、淡淡的回憶與刻入骨髓的激情，在球員外的其他角色——場地管理員、吉祥物、球員的家庭成員——和球員本身編織成一種丈量人生的「斯塔德」（stadium，除了是球場的意思外，也是一種古希臘的長度單位），小說成為這些角色「駐留」（park）記憶的收納空間。

作家劉大任在《強悍而美麗》裡說臺灣的運動文化太過於「賭國仇城

式」。它的特徵是「潛意識裡把國際體育競賽的勝利看成洗雪國恥，顯示國力的重要方法」，因此「不惜工本地培養苗子、尖子，而全民體育活動的場地、設備等基礎設施則不妨棄之不顧。」最後，在臺灣體育活動「不是生活的必需成份，只是裝點門面的生活點綴……」這個說法雖然激烈，但至今看來仍有幾分道理。

當臺灣棒球在國際失利的時候，很多球迷會抱怨為什麼不敵美、日，但我想只要對棒球有感情的人都知道，先不提運動人口的數量，美日的棒球是具體形成一種精神文化的，無論是電影、電視劇、漫畫、小說……球賽都是如此自然地嵌入角色的人生。我曾經在一本美國的棒球文學選裡看過一篇文章，提到對美國人而言，棒球是一種父與子的運動，假日的時候，父親會帶著兒子，就在家門口的草地上接傳球。那彼此接傳的過程裡，不只是眼神交流了，父子間的對話也在進行著。我在尚季的〈斷棒〉、〈最好的投手丘〉、〈等待幻影〉裡，好像看到了尚季夢裡未來的臺灣棒球文化。

尚季《斷棒》裡的虛構，是從更廣義的棒球歷史（而不限於此地）上長出來的虛構。有時候我讀出來了（比方說前面提到味全龍洋將艾勃的墜樓事件），有些必須查資料才能理解，比方說一九四二年臺北馬場町的拓南工業所的相關歷史紀錄。有些則是認出了一半：我當然記得一九八九年《夢幻成真》（*Field of Dreams*）這部整個世代都記得的棒球經典，但我並不知道大聯盟從二〇二一年開始重現夢田大戰（MLB at Field of Dreams）的場景，電影中因為黑襪事件離開球場的球員，在玉米田蓋成的場地鬼魂降臨。這個如真似幻的電影橋段，在二〇一一年，由眾人集資買下電影中那塊地，並從二〇一五年起開始與大聯盟合作，二〇二一年打造出了夢田之戰的大聯盟例行賽事，球員甚至也是從高過於人的玉米田裡出場。

當然，還有更重要的，是尚季這些年在花蓮的回憶。偶爾會有想寫作的年輕人，問我留在臺北讀創作和到花蓮讀創作有什麼不同？我只能說，在都市裡塑造你的理所當然是文人圈藝術圈，而到東部塑造你的會是山風海雨。

這或許是另一個尚季作品的特質，他的作品裡不只有棒球，還有「斯塔德」丈量的「生命場域」，以及山風海雨和記憶的共同駐留。我祝福他。

斷棒

「阿公，我從以前就想問你啊，你幹嘛要撿斷掉的棒子回來？又不能拿來打球，你真的是拿來做木工喔？」

「那些不能丟，有些東西斷掉了還是很重要，不能丟。」

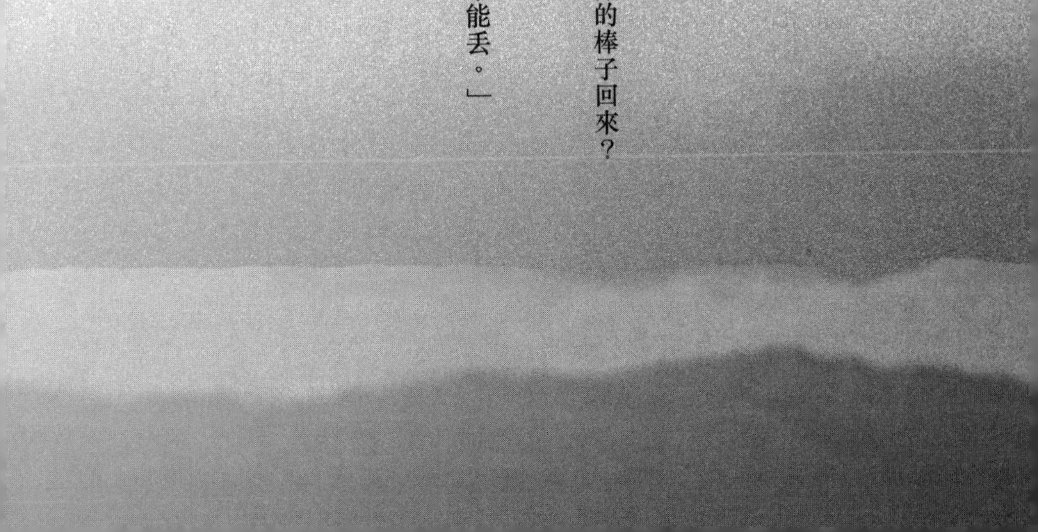

靠近客家聚落旁的小部落，依照小時候我的記憶呢，外面那條彎曲、細窄且不斷上坡的水泥路上，是我和玩伴們玩耍的地方。我家就住在下坡後的第一間屋子，家裡只有我和阿公。某天差點就死在回收紙箱裡的可憐小巴，好險阿公聽見牠的聲音，把牠帶回家，從此變成我們的一份子。

午後接近放學的時間，同學的阿公、阿嬤們會坐在門口等小孩，有時聊天喝點小酒，有時幫忙整理環境。我的阿公跟其他人有點不一樣，他都待在家做木工，一做就是一整個白天，偶爾答應朋友到工地打臨時工，或是到村民中心幫點小忙。

上小學前，我都跟鄰居的哥哥姊姊們玩在一起，有時候拿溪邊撿來的木頭打紙球，或是到溪邊玩水，每天都弄得髒兮兮的。上小學之後，學校規定要穿裙子，而且還是粉紅色的，我不喜歡粉紅色也不喜歡穿裙子。我跟阿公說覺得大腿空空的很奇怪，阿公就叫我去問隔壁的姊姊，姊姊後來帶我去買小短褲。等我再長大一點，阿公搬來兩個櫃子隔在兩張床中間，我也不再讓他幫我洗衣服。

小學時候，阿公會騎著他不斷噴出黑煙的白色迪奧載我上學，幫我戴上一頂黃色的安全帽，他自己則不戴。放學時間他會停在校門左側的椰子樹下，抽著菸看著樹上飛下來的麻雀。其實學校就在我家巷口不遠處，等我升上四年級，開始跟同學一起走路上學，他就不再接送我上下課了。

到現在我還是沒親眼見過爸媽，連照片都很少。只有一張爸媽的照片被阿公貼在冰箱上，他們的臉像兩顆光滑的蛋。某次阿公打開衣櫃拿外套時，我看見裡面有個生鏽的鐵盒子，不知道為什麼，我一直惦記著它。於是趁著阿公出去找朋友時，我將鐵盒從衣櫃裡拿出來，坐在窗戶下把它打開，一瞬間太過用力，裡面的東西像爆米花散落一地，有信件、照片和一些不知道什麼用途的小東西。我拿起幾張黑白照片，很確定那是阿公，年輕的他穿著黑色的球衣和潔白的球褲，胸口上印著大大的「黑潮」兩字，他露出亮白的牙齒，手插腰對著鏡頭笑。阿公現在瘦巴巴的，相比之下實在很難想像。這張照片唯一沒變的是他的眼睛，像小巴一樣圓滾滾又發光的眼睛。

一個多月前，阿公突然在聚會中倒下，幸好大家很快將他送到醫院去。

接到消息時，我腦袋空空地騎上機車趕到醫院。「阿公，你怎麼了？」我跑到他旁邊，阿公醒著，他笑著拍拍我的手跟我說沒事，只是還有點暈暈的。從那天起，我的生活突然轉了方向，禮拜六的早上我會馬上起床，帶著日用品到醫院。醫院裡的時間過得特別慢，慢到阿公的病痛一一浮現。醫生告訴我，阿公的時空順序可能會漸漸錯亂，如果要延遲這樣的狀況發生，就要讓他常常回想一些有記憶點的事。

阿公會不會到最後連他的名字都忘記呢？村裡的人都叫阿公舒米，在阿美語裡是木炭的意思，他的中文名字叫黃強森，現在很少人這樣叫他了。為了延遲時間，我決定整理家裡，把一些含有回憶的東西找出來。

我開始整理，發現屋子裡的東西像突然間冒出的雜草，我不知道該把它們放到哪裡，在阿公回家休養前，我一定要整理好，讓阿公出院後有更方便的生活空間。從小我不常做家事，每當我回到家，移動過的東西都已經回到它原本的位置。我戴起口罩和阿公平常工作用的手套，從像是洞穴的地方搬出那些佈滿灰塵的東西。

我將阿公所有的衣服從他的巨大衣櫃中拿出來重新分類，把平常不穿的通通裝進透明收納箱裡。村裡的叔叔伯伯熱心地幫我組裝剛到貨的衣櫃，再幫我把舊衣櫃搬到馬路上，等清運公司來清理。接著是沉重的透明箱子，我將它們一一打開，裡面有獎盃、獎牌和一些泛黃的獎狀，我發現這些獎都是給投手的。從我有記憶以來，阿公不太打球，但村長曾說阿公年輕時候是村子裡最厲害的投手，原來村長沒有騙我，這些獎盃、獎狀看起來真的很厲害，只是我沒看過阿公投球，以後恐怕也沒機會了。我打算把用不到的東西裝進有滾輪的塑膠箱，全部推進阿公的貨櫃裡，只留下幾面還看得清楚的獎盃、獎牌，我把它們擦得亮亮的擺在櫃子上。

我用力打開貨櫃的門，光線從左側縫隙照進來，一道短暫存在的斜線讓我清楚看見那些斷掉的球棒。我把整理好的塑膠箱子和裝滿衣服的黑色塑膠袋一起放進貨櫃的最深處。貨櫃口那些斷掉的球棒，是阿公跟村長去打球順便撿回來的，不知不覺堆滿了各式各樣的棒子。

還記得五歲那年，我坐在庭院吃我的早餐，阿公從貨櫃裡走出來，手上拿著兩、三支球棒到他的木工房。其實也不算什麼工房，就是一塊墨綠色的鐵皮屋頂，擺放他的木工工具，有切木頭的機器、鑿子、工作檯，還有磨木頭的器具等等。做木工是阿公沒工作時的主要活動，他像是看著透光的玉石那樣看著手上的木頭。等到天空變成粉紫色時，阿公拿著一張小木椅給我，祝我生日快樂。我可以坐在上面寫功課、吃飯，也讓我學會怎麼蹺兩腳椅，還可以像帶小巴去散步那樣拖著它走來走去。小木椅是用兩、三支沒有烤漆的原木色球棒，將有弧度的部分裁掉後再對切，留下工整的長方體，抛光後釘起來拼成椅面，並在四個角落各打一個洞，再拿四支尾端是紅色的斷棒，將握把的部分做成椅子腳。小木椅之後，阿公又做了小書架、小圓桌，而阿公生病前所做的最後一件作品是一張搖椅，用了他更多斷掉的球棒。那張搖椅可以讓我們悠閒地休息，禮拜六午飯過後他習慣在搖椅上午睡，涼風吹過他，我會拿一件薄被子幫他蓋上。

整理的工作為期一個多禮拜，完成的那天是禮拜五，我到醫院去接阿公回家。

他看著被挪動過的家裡，雙腳一直站在原地，直到他看見牆上的年曆、冰箱、搖尾巴的小巴，還有地上那張小木椅時，才確定這是他的家。

除了禮拜一之外，我都會打開電視，讓阿公配著球賽吃晚餐。只有在看棒球的時候，他的眼睛會變得有精神，沒有棒球可以看的夜晚，飯菜總會剩下不少。一週後，阿公開始恢復說話能力，但有時候狀態還是斷斷續續的，只要他露出難以回答的表情時，我就把想說的話寫在紙上，讓他可以慢慢地看著紙上的文字，像在思考一道哲學問題。

「阿公，你可以跟我講你當投手的事嗎？」

「投球的事喔……」阿公眼睛盯著電視沒看我。

「對啊，我想聽你投球的故事。」

「以前啊，打省運的時候，我是花蓮最好的左投手喔，大拇指的。」阿公比出他的大拇指。

「真的嗎？好厲害喔！」

「比我厲害的很少，左手的又更少。」

「阿公那你以前可以丟多快啊？」

「不知道欸，但是大家都說很快，像是那個什麼……」

他停頓了好久，還是沒想起要說的話。我接著問：

「阿公，我從以前就想問你啊，你幹嘛要撿斷掉的棒子回來？又不能拿來打球，你真的是拿來做木工喔？」

「那些不能丟，有些東西斷掉了還是很重要，不能丟。」

「不是啦，我沒有要丟掉啦，是想問為什麼你要撿它們回來？」

阿公像是突然被拔掉插頭而停止的機器，他變得呆滯，臉上是無法理解的表情，然後陷入長長的思考。

看來那些棒子對他來說是很重要的東西，好像丟掉之後阿公也會跟著消失一樣。他看著電視發出一些聲音，像是在說夢話。

阿公傾斜的嘴角再也承受不住口水的重量，任由口水滴在衣服上，醫生說這是中風後的症狀。掌管記憶的海馬迴受損了，阿公漸漸想不起許多發生過的事，想不起自己有沒有吃過晚餐。每當我跟他說：「可是你已經吃飽了欸，你還要再吃嗎？」他會說：「要。」這時我會拿個小餅乾給他，但不久後他又會再問一次。

我拿出整理好的照片，靠在他的身邊，勾著他的右手，將照片拿給他看，想藉此找話題跟他聊天，喚醒一些回憶。

現在阿公說話的方式又改變了，他開始會說「我不知道」、「我不記得」，彷彿他的世界有一些部分正在氧化、崩塌。

「阿公，你還記得這張照片的事嗎？」他說他不知道，然後就被窗外的白頭翁吸引，看著牠停在樹上又飛走。他僅存的記憶像個破裂的水瓶，不斷漏水，當他超過五分鐘沒任何動靜時，我發現他竟然睡著了。他有時候會想起什麼，突然說出一連串往事。當我拿出穿著「黑潮」球衣的那張照片時，他說那是他回來花蓮後第一次打棒球。

「所以阿公你回到花蓮以前還去了哪裡呀？」

「我有去日本，然後好像還有一個地方，很遠，我不記得咧。」

「哇，是美國嗎？」

「好像是美國，我去打球啊，我很會打球欸。」

「聽起來好厲害。」

「那是我以前的夢想啊，我去投球啊，投得很好喔。」

阿公去美國打球的時候應該跟我差不多年紀吧，我很想問他為什麼要去那麼遠的地方打球，但他的注意力很難持續。當我再問他其他張照片的故事時，他又說他不記得了。

阿公的記憶藏在他房間的各個角落，我從衣櫃、透明箱子及床頭旁的小櫃子裡翻找出幾件舊球衣。回憶密集度最高的是一個愛迪達的鞋盒，裡面放著滿滿的照片和信件。

因為塞滿信件、照片和一些小東西，上面的紙盒蓋早已變形。和之前在衣櫃裡找到的鐵盒不同，這裡面有比較多阿公當兵時的照片、信件，徽章、臂章、火柴盒、一個可口可樂的瓶蓋，而讓我注視許久的是一封信，裡面夾著一張照片。

一個黑人拿著斷掉的球棒，和阿公一起站在球場邊，信是用草寫英文寫的。黑人的牙齒沒有隨著時間而泛黃，依舊從照片裡反射當時的陽光。黑人和阿公身上穿著不同的衣服，黑人穿著「Indians」字樣的球衣，號碼10號，阿公的是「Phoenix」，號碼15號。當我知道這是美國紅人隊3A的衣服時，不禁猜想這就是阿公去打棒球的地方嗎？這張黑白照片的背後寫著一九七三年三月十五日，查了資料才發現這好像是美國職棒的小聯盟。

小聯盟球隊有分層級。從新人聯盟開始，依序從1A、2A、3A，再來才是大聯盟。每個層級都有數百位選手競爭，阿公只是其中一個，像隻洄游的鮭魚，爭取產卵機會的同時也要躲避危險，或許這個黑人也是。我不知道他是誰，數百個選手一定來自世界各地，我無法從這白皙的牙齒、濃密的眉毛來找出他的名字。

嘿，兄弟，我常常回憶那段在小聯盟的日子。在你離開美國不久後，我也到辛辛那提紅人隊的大聯盟球場了。我以為會在這裡遇見你，看看下次是我的球棒比較快，還是你的球速快。當時聽到你離開的消息，我的心情就像是被觸身球砸到一樣，持續幾天糟透了。三年過去，我已經打出四百二十支安打，但沒有一球是你投的。你的表情總是很冷靜，你的投球完全可以站上大聯盟，我還沒有遇見第二個像你一樣的投手。

我的好友，因為你，我才曉得在這世界上還有許多我沒見過的好投手。還有沒有機會遇見你呢？或許等你康復了，我們還能再次對決。

肯・葛瑞菲

一九七六・十一・二十三

「所以這個黑人是葛瑞菲？然後這是他寫給阿公的信？」我拿著照片問楊村長。

「這個是葛瑞菲沒錯。」

「葛瑞菲是誰？」

「在大聯盟打出兩千支安打的葛瑞菲啊，他兒子小葛瑞菲更有名。」

「真的？」

「他們曾經在同一場比賽裡一起打出全壘打，葛瑞菲打完換小葛瑞菲再打一支。」

「所以阿公曾經是他的對手嗎？」

「妳知道為什麼妳阿公的貨櫃裡有那麼多斷掉的球棒嗎？」

「不是撿來的嗎？」

「有些是撿來的，但有很多是妳阿公親手打斷的。」

「打斷？怎麼打斷？」

「用球啊，用球。妳阿公的球實在太快，我以前常常接到大拇指腫起來。」

「所以他曾經把葛瑞菲的球棒打斷嗎？」

「應該在貨櫃裡的其中一支吧。」

我在圖書館用電腦上網搜尋葛瑞菲的比賽，應該就是村長說的那場。一九九〇年他轉隊到西雅圖水手，那場比賽對上加州天使隊，他和他的兒子小葛瑞菲，兩人連續把球打出全壘打牆外。原來葛瑞菲這麼強壯，結實的肌肉讓衣服顯得特別緊繃，球棒在粗壯的手臂對比之下像是竹竿，阿公在他身邊根本像個高中生。

我帶著蛋糕回家，今天是阿公的生日，但他像是忘記自己的生日一樣，深深地睡著沒有醒過來。

阿公休養期間，我常在睡前幻想他明天早上起床之後會好轉，哪怕只能維持短暫的時間。村裡的人會輪流來看顧他，讓我在學校時可以不用擔心阿公的狀況。我一直都只認識生活在我眼前的阿公，阿公的過去、他其他時候的樣子，我試著從泛黃的資訊裡拼湊出模樣，像是玩樂高積木，把他一塊一塊組裝起來。

醫生說，他中風前就已經罹患初期的阿茲海默症，這是會將自身歷史消除的疾病，他將會漸漸忘記自己是誰，甚至連生活能力都會消失。看著阿公的臉，我想著他會不會某天醒來就再也不認識我，然後自己一個人從這扇門走出去？老實說我漸漸沒那麼在乎他想不想得起以前的事，只要他每次看見我都能露出笑容就夠了。他的房間有一扇窗戶，以前被衣櫃擋住，現在衣櫃清走了，午後的陽光會在他午睡時輕輕爬上他的左臉。看著他呼呼大睡的樣子，可以讓我暫時不那麼難過。

有天我走到圖書館擺放運動書籍的架子前，從運動週刊到中華職棒三年的全年比賽紀錄都有，不只臺灣的出版品，下層還有日本、美國的棒球相關著作。我隨手拿起幾本放在沙發上，距離下午兩點的課還有一些時間，我決定隨便翻個幾頁打發時間。其中一本《球場的界外球》是一位美國棒球播報員所寫的回憶錄翻譯版，主要是寫他記憶深刻的棒球故事，我彷彿在裡面找到阿公的足跡。

在加州，陽光閃耀著，球場的大門已經敞開，歡迎所有前來的球迷們。

有的帶著小孩，有的獨自一人牽著狗，有的臉頰上還留有一抹黃芥末醬。每個人都在期待今晚的比賽。今晚的比賽是葛瑞菲升上紅人隊3A後第一次亮相，超級新人通常不會在小聯盟待太久，他將會離開這裡，到更遠、更寬廣、更明亮的地方。外野草皮上有一條一條的淺色紋路，紅土平整滑順，白鬍子老傢伙在內野開著小車，來回滾動後方的鐵桶。

在三壘休息區，巨人隊穿著橘色隊服來訪印第安納波利斯的對手，他們非常強壯、有力量。紅人隊的野手們在場邊傳接球，先發投手則在外野做投球熱身，球飛行的弧線劃過橘紅色的天空。

三壘牛棚傳來「砰」、「砰」的碰撞聲，投手把球投進捕手手套裡，整座球場的人們都張開耳朵。大家紛紛在觀眾席上下注，賭看看哪個投手的球可以打斷葛瑞菲的球棒。

一個來自亞洲的男人站上了投手丘，像是一盞在荒野上發光的矮小桌燈。所有人的目光都投注在他身上，試著讓自己的眼睛不會錯過他手中投出的每一球。

他的名字我已經想不起來，他來自哪座小島我也不復記憶。「這是我見過最快的球！」我記得當時我是用讚嘆的聲音說。投手甩動柔軟的手臂，像是花豹的尾巴，球又快又猛地衝進捕手手套裡。

這段文字寫到亞洲的男人，也寫到葛瑞菲，我想像這該不會就是阿公吧？在加州的陽光下，阿公投球的時候應該也是汗流浹背。阿公流汗時身上總是會散發出一股飛魚乾的味道，小時候睡覺前我要聞到那股味道才能入睡。閱讀這段文字就像在現場看比賽，作者講得用力、生動，好像一顆界外球就要飛過來。

這本書裡真正的主角都沒有名字，卻似乎有更多理由讓這位播報員難以忘記。到底有誰會想知道這些沒有名字的小聯盟球員？他們的故事就像擦棒球多到數不清。我在書中十五個故事裡找到兩個很像阿公的描述，但不敢確定，邊讀邊想起葛瑞菲的那封信。這些故事阿公從來沒跟我說過，會不會他其實想忘記這一切？棒球的世界常常是失敗的，有人能夠爬起來，但是阿公沒有，或許因為這樣他才很少提起有關棒球的往事。他回到臺灣之後，只有在拗不過村長、朋友們邀他去打假日社會組的棒球賽時，才勉強再拿起棒球。我小時候少棒隊一支接著一支成立，阿公從沒動過念去教小朋友打棒球，他選擇在部落裡安靜地生活。

我翻到另外一篇——

亞利桑那的太陽總是特別火辣，蒸發所有事物的水分、鹽分、血和靈魂。這場小聯盟球賽在下午兩點舉行，球場早已坐滿了人。投手丘上的矮小男人已獲得大量的掌聲，在這個球季，他已經投了超過一百局，即使如此他的左手仍不曾慢下來。更重要的是，他曾摧毀葛瑞菲的球棒，讓他出局。

我坐在本壘後方看著他投出的每一顆球，即使天空的雲彩紛紛吸引眾人抬頭，我的目光始終盯著他的每一顆球，像在凝視一隻游隼飛行。他就快要飛離這裡，我相信。

曾有三次巨響出現在我人生裡，令我難以忘記。第一次是六歲時一個夜晚，透過沒有拉上窗簾的窗戶看到窗外的大雨、閃電與雷聲，像巨人搥牆一樣，整個大地都在震動。第二次是到日本看職棒比賽，在東京後樂園球場享受巨人隊的氛圍（為什麼全世界的巨人隊都長這樣呢？），在我喝啤酒時，那顆球砸到打者的頭，打者應聲倒地，好像再也沒有醒來。第三次就是眼前，在他投出這場比賽的第九十球時，大家紛紛從座位上站起來，我覺得我有聽見，像是一腳踩進水窪的聲音：「啪！」然後投手丘上的他墜落了，抱著自己的左手，沉沒在教練和隊友之間。

從那次之後，將近三個月沒有看到他。又過了一段時間，我才從巨人隊的經理口中得知他的消息，他已經離開美國了。如果是現在，或許還有機會看到他重返賽場，但他只活在那個夏天，在充滿觀眾的球場裡，而我想球迷們已經永遠失去他了。

「那時妳阿公像是失去一座山一樣，醒來就喝酒，連路邊的檳榔樹都站得比他直。」在庭院裡，村長幫我整理阿公的工作坊，而我在一旁幫他清掃地上木屑、灰塵跟落葉。

「當時他沒有家人，也還沒結婚，我們看他每天愁眉苦臉也不是辦法，於是週末就把他拉去打棒球。一開始他很不願意，真的下場之後發現，他的手好像又重新長出來的黃藤一樣欸，球還是很快啊。」

「所以他就又開始打棒球了？」

「對啊，接下來我們就到處比賽，去高雄比賽、去宜蘭比賽，還有去臺北，反正很多地方啦。」

「那他是什麼時候開始做木工的？」

「妳阿公的靈魂乾枯過兩次，第一次是從美國回來，第二次就是妳阿嬷失蹤。」

「我從沒聽他說過阿嬷的事欸。」

「妳不知道的事還很多喔。妳阿嬷是頭目的女兒，是妳阿公去屏東比賽認識的，他們私奔來花蓮，但是，來花蓮之後他們就一直吵架。」

「你是說……因為吵架，阿嬷就離開他？」

「他們天天吵啊。有一次我們去臺北比賽回來，妳阿嬤就不見了，只剩妳爸爸在搖籃裡睡覺，什麼也沒有交代，都不怕被野狗咬走欸。」

「那我爸爸離開的時候，你們有見過他嗎？」

「好像有又好像沒有。妳爸爸也像風，一下就不見了。他小時候在村裡很多人的家裡生活過，大學到臺北讀書就很少回來了，可能還在生妳阿公的氣吧。」

阿嬤離開之後，阿公也拋下了一切，像是兩個背對行走的人，把所有東西都留在原點。這會是爸爸離開的原因嗎？我對爸爸不能說是恨，因為我連跟他相處的機會都沒有，怎麼可能對一個陌生人有恨呢？阿公開始做木工是因為神父告訴他：「找回你自己吧，什麼對你是重要的呢？」當時阿公覺得棒球似乎總是帶來災難，但他對兒子有責任，於是開始用斷掉的球棒為爸爸做各種東西。爸爸最後帶走了一隻木馬，我想爸爸跟那隻木馬一起不見時，阿公的心情一定很複雜吧。

我在整理阿公的東西時找到一張裸露的信紙，沒有抬頭，不確定寫給誰，有點像是信，又有點像是日記，有些地方重新寫上，有些字跡已經暈開了。

我發現妳已經不在了的時候，福丁在搖籃裡睜著眼睛看我。妳曾經像最後一頭轉身進入山裡的雲豹那樣，對我留下悲傷的淚水。我們不應該用言語傷害對方，最後也傷害了自己。山和海的聲音應該是可以和諧的，跟妳吵完架的夜晚我總是睡不著。妳轉過身，進入黑暗的深處，像是祖靈們呼吸的森林。妳是拒絕的意思，對吧？

幸好隔壁的村長嬤幫我照顧福丁，我被她罵了一頓。妳怎麼能拋下孩子就走，像溪底的苦花，躲在我看不見的石縫裡。

我大多時候都看著他，發呆過完一天，看著他的時候，好像妳只是去買菜，等下就會回來。我會抱著他走在我們家的路口，期待看到妳從遠處走來，直到一個禮拜後，等待的心情才消失。我不知道怎麼成為爸爸，就像妳也不知道怎麼當一個媽媽。

其實我知道妳不會回來，妳永遠都不會再回來了。

但是當福丁哭的時候，我還是希望妳會出現在家門口，我希望妳知道孩子需要母親。

阿公說爸爸以前游泳很像魚，所以叫福丁。阿公的字在紙上很輕盈地連著，像微風吹過溪水表面。爸爸的童年在這村子裡流轉長大，大學時離開這裡，直到我出生後又把我帶回來，只是我一睜開眼他也消失不見了。我有時會想，這是否是一種宿命呢？好像我、爸爸和阿公都要經歷被拋棄的過程。阿公在沒有阿嬤的日子裡變老、變黑、變遲鈍。我跟爸爸有一點不一樣，阿公給了我滿滿的愛，睜開眼我們就可以看見彼此，那是一種靠近大海就會安心的感覺。或許在阿公眼裡，我同時有爸的影子，也有阿嬤的影子吧。

我突然想起跟阿公一起吃飯的夜晚，在我五歲生日的那個晚上，阿公將小木椅放到我面前，他彎著眼睛看著我的時候，像是月光在海面上舒展開來，他用帶有磁性的聲音祝我生日快樂。

小木椅摸起來的感覺很平整，阿公特別用心地製作，四個角被阿公削成漂亮的圓弧形，表面拋光打磨完上了一層透明漆，椅面底下四個銜接椅腳的接縫處沒有任何溢出的黏著劑。每到冬天，這椅子就像有保溫功能一樣，離開一下都還很溫暖。

「妳阿公見到妳之後很緊張欸，這是他重新一次照顧小孩，而且還是女孩。」村長告訴我，阿公到鎮上買嬰兒用品、推車和搖籃床，每樣東西都請部落的巫師來祈福，希望祖靈能保護我。來不及對爸爸好的阿公，或許是不想再錯過我，也可能是不想再輸給自己。

這張像信又像日記的紙是壓在這個鞋盒最底下的東西，我在阿公午睡時度過一段寧靜。我喜歡村子的午後時刻，除了貓以外沒有人會在外面走動。整理屋子這件事，像是走進他的生命迷宮，原來瘦弱的阿公也曾經有過高大的身影，我幾乎可以看見他映在牆上的影子，幾乎可以看見他甩出手臂的那個瞬間。

夏天結束，秋天還是一樣炎熱，我打開窗戶讓一點風吹進來，阿公的臉看起來很溫柔，像是遇見了老朋友。阿公沒有張開眼睛，連一點抽動也沒有。我坐在他的床邊，讓窗外的聲音可以穿過時間，在幻想中回到五十年前那座棒球場。

悶熱的加州午後，我坐在三壘觀眾席上，眾多球迷重疊著彼此的身影，身邊的金髮女人戴著墨鏡，一旁的禿頭大叔一手拿著啤酒，一手圈在嘴邊放聲大喊，可愛的小男孩們戴著巨人隊的帽子、搖晃手套，微笑時陽光掠過他們露出的白皙牙齒。我在人群裡拿起即可拍相機對準阿公，在他抬起右腳的時候按下快門。觀景窗裡總有些地方被蒙蔽住，我要在適當的距離、空間和歲月裡，才能清晰地拍下他出手的時刻。或許阿公的球像是一班特快車，用最快的速度將人們的夢想帶向遠方。他一定也將奪冠的希望寄託在自己身上，讓球迷們為場上的球員祈禱，希望自己的願望成真，相信棒球之神是真的存在。

觀景窗裡的阿公眼裡發著光，跟坐在庭院的他相比，我更願意相信他曾經活得像個自信的棒球男孩，抱著「只有現在」的心態在投球。

球「咻」一下進壘，打者沒有出棒，那記直球就像是夜裡飛行的貓頭鷹，等捕手接到時，打者才知道自己被三振了。那個亞洲的少年站在投手丘上投球，彷彿永遠不會變老，他揮臂時颳起一陣風，而我等待那陣風。

阿公在我升大三那年的暑假，無法忘記的八月十號，跟我說要去午睡。我們的床中間隔著兩座五斗櫃，我跟他說我也想睡一下，於是我們各自躺在自己的床上。

「村長嬤，妳怎麼跟著我進來？」

「阿公，我是小恩啦。」我嚇了一跳，翻身下床去看他。

「是嗎？」

「是啦，你認真看。」

我將他的手放在我的臉頰上，讓他確認我是他孫女，不是別人。我幫他把被子蓋好，他還是一直看著我，還是不太相信我不是村長嬤。我躺回床上，沒多久阿公傳來打呼聲。我已經能聽著他的打呼聲入睡，甚至覺得聽到了才安心，不久後我也睡著了。

我被鬧鐘叫醒，一度覺得阿公已經起床到外面去，或許正在做木工吧。我下床後看見他的腿露在被子外，嘴巴微張，樣子像是小孩，身體再也沒有力氣。我摸著他的左手，柔軟、冰冷。我將頭靠上他胸口，爬上床把頭埋進他的身體，靜靜地聞他身上的味道，像小時候那樣。

兩年過去了，我和小巴還是繼續生活在這間屋子裡，我會蓋著阿公的被子睡覺，記得跟小巴玩我丟牠撿的遊戲。新學期開始，我申請到愛荷華大學讀書，把小巴託給村長照顧。那張由斷棒做成的小木椅也隨我飛過一整片海洋，雖然我已經不會坐在上面，但還是想將它帶著。

來到美國之後我才開始看美國職棒，一開始誰都不認識，現在我已經是小熊隊的球迷了，會在某些假日到芝加哥看球賽。後來聽到小熊隊跟紅人隊要到愛荷華比賽，在那個仿造電影《夢幻成真》的球場比賽。為了看這場有紀念意義的球賽，我努力打工存錢。

從電影場景的玉米田球場到真正比賽的球場間，穿梭著許多不同膚色的人，每個人對即將開打的比賽都既興奮又充滿期待，我也是，即使我只買得起最外圈的球票。「是紅人隊，阿公你如果還記得紅人隊，應該也會想看這場比賽吧。」我在心裡對阿公說。賽前有一段開場，宛如父子的一對黑人從外野圍欄外的玉米綠葉叢裡走出來，周圍的人響起熱烈的掌聲。為了這場球賽，我事先特別將電影再複習一遍。

「嘿，老爸，你想要傳接球嗎？」

「好啊。」

他們說出電影裡的對白，接著在外野的草皮上傳起球來。玉米田長長的葉子裡冒出許多小孩和父母，大家一起在外野傳接球。然後我聽見鼓掌的聲音，也跟著一起鼓掌，兩隊球員從玉米田裡陸續走出來。那對一起傳接球的父子應該是兩個退役球星吧，他們跟著大隊伍一起走到場中央。

「請問你知道那對父子是誰嗎？」我問一旁的觀眾。

「妳不知道嗎？噢，拜託，他們是葛瑞菲跟他兒子啊。」

那天愛荷華州的陽光均勻地鋪在球員們身上，那件復古球衣的顏色溫和得像是泥土。我回憶起阿公做木工的樣子，透過光線可以看見空中的木屑飄落在他四周，像是草地上反射亮光的點點水滴。接下來的比賽過程我好像有看又好像沒有看，我一直想著身穿紅人隊球衣的葛瑞菲，想著那封信，以及我那張在陽光下會發光的小木椅……

不知道葛瑞菲還記不記得那支球棒？不過，答案已經不重要了。

再見阿嘉

阿嘉的右手不斷敲打車窗和前置物箱，
我看見他手指上的肉色缺口，像座沒有生命的山坡。

現在想到阿嘉，我彷彿還是能聽到他的笑聲，沙啞的嗓音在分岔的邊緣，對比他失蹤前的那個場景格外地尖銳。當時他用盡全力打自己的頭，對著我和所有人大吼大叫。

每當想起這段記憶，我就像穿著進水的鞋子行走，難以邁出腳步，又濕又黏。

幾次看職棒轉播時，都在臺中球場看見一個人在本壘後方舞動著手腳，做出類似教練打暗號的手勢，他依序先摸左手臂、右大腿，接著是右手背、左邊耳朵、腰帶，最後還拍了兩次手。導播特寫過幾次，他的行為被剪成影片放到網路上，許多球迷都叫他「遊民總教練」。

他的五官，特別是眼睛，長得很像阿嘉，我不知道這麼多年來他竟有了巨大改變。為了確認他是不是阿嘉，我久違地進場看球。

我發現他了。他穿著還留有紅土顏色的白色棒球褲，灰藍色的短袖上衣。他留著長髮，灰白相間，戴上邊緣褪色的洋基隊棒球帽，手上還戴著一雙紅色的打擊手套。我坐在他左後方，離他大約十公尺的距離，他的背影襯著球場傍晚時的橘紅天色，頻頻轉頭左右觀看兩邊球員傳接球的樣子，像是期待侏儸紀公園趕快開演的小孩。很高興看見他，他好像比以前快樂許多。

這場比賽結束前，我能說出多少有關阿嘉的故事呢？

一局上半，先發投手投出第一顆好球之後，我看見他起身鼓掌、吹口哨，彷彿從他的背影就能感覺到他的開心。

在以前的年代，教練還不知道怎麼跟孩子好好說話，做錯事往往用手或是棍子打，我認識阿嘉的時候，他告訴我他有一隻耳朵是聽不見的。

一九九五年統一獅隊拿下金冠軍，當時球場一位難求，我們都得想辦法偷爬進去才能看到一部分球賽。如果爬不進去，就只能在球場外面聽著歡呼聲，止心裡那股想看賽況的癢。

一九九六年一月，花蓮高光商工因為教練被挖角到臺中，臨時需要一位教練遞補，得知消息後我回去臺南找阿嘉幫忙。當時他在阿善師的工廠做了三年手套，那年我們才二十八歲，他選擇告別阿善師跟著我到花蓮。不過，早知道就不叫他來了。

到花蓮兩天之後我載他到學校去，在路上我問他對於球隊有什麼想像，他看著窗外的山脈，盯著一朵在山頂的白雲，沒有說話。

到了球場，訓導主任帶著所有選手站在一壘側休息區前，阿嘉戴起太陽眼鏡推開車門，兩手插在口袋裡，好像超級英雄一樣走向孩子們。第一天阿嘉就給孩子下馬威，劈頭就是跑操場十五圈的體能訓練，他說：「所有訓練都得從體能開始，沒有體能打什麼棒球，等一下你帶頭跑！」他指著一位身高最高的孩子問他名字，那孩子叫阿翔。

孩子們去跑步的同時，我跟阿嘉到球具室查看有哪些器材可用，一邊偷偷觀察正在跑步的孩子們。我們都很清楚，當我們不在孩子的視線範圍內時，才能看見他們真實的樣子。

眼前不到十面的擊球網、一台因缺一顆螺絲而傾斜的購物車，裡面裝滿了破皮、脫線，淘汰邊緣的球。阿嘉不時從器材室的窗戶看向學生們跑步的樣子，有些人放慢速度，有些人開始亂換隊形，有些人不斷朝著器材室窺看，直到看見我們走出來，他們才恢復原本的隊形。跑步結束後，阿嘉又要他們蛙跳操場一圈、拖輪胎十五趟、短距衝刺三十趟，所有人都被操到吐出來，草地上有微微的酸臭味。當天離開學校後阿嘉打電話給阿善師，希望能拿一些手套，如果有球棒跟球更好。講完電話阿嘉突然盯著我，「幹嘛？」我反問他。當時我在花蓮市區開便當店，他要我順便提供幾頓免費便當讓孩子們當午餐。

幾次訓練之後，發現孩子們的身體漸漸可以跟上阿嘉的訓練強度，但器材老舊、不足，又沒錢換新的，常常撿球、找球就花掉不少時間。某天中午他到校長室跟校長報告這件事，希望能得到學校的資源購買新器材。校長口頭答應了，說會吩咐總務處添購，但是要稍等幾個月。他想這樣等也不是辦法，於是問我花蓮教育處怎麼去。

阿嘉把一些臺南名產裝在乾淨的紙袋裡，拿去拜訪體育科長。

「長官，我們學校要麻煩您多多幫忙啦，這我們家自己做的，請吃吃看。」其實我都知道，那次之後阿嘉還從我店裡拿錢買高粱酒、牛肉乾等東西去送科長，幾次之後，長官終於答應到學校視察。

「我共你講，這斗絕對愛拚出名。等我出名，以後花蓮的囡仔攏會𤆬（tshuā）來予我。」阿嘉曾這樣跟我說，闖出名堂以後，他就能拿到花蓮的代表權，到時候名氣、資源和金錢就會愈來愈多，他帶出來的選手也會像蒲公英飄到臺灣的各個角落。

「這投手身材不錯，幾年級了？」科長來第一眼就看到阿翔。

「要準備升二年級，還有很多進步的空間啦。」阿嘉盡量壓抑笑容。阿翔身高一百八十公分左右，皮膚黝黑，肩膀寬厚，看起來像是一顆椰子樹。校長聽到科長蒞臨，馬上趕到球場，陪著巡視球場、球具室，又到校園內走走，待了一個小時左右。

「之後我會請人送一點東西過來，應該夠你撐一陣子。」

「謝謝科長，我們真的很需要。」我和阿嘉開心地答謝。

兩個禮拜過去，我們還等不到那些「東西」，阿嘉也忘了問到底是什麼，雖然阿嘉和我有再去過教育處，但沒見到科長，事情也沒有任何進展。終於在三月底有東西送來了，卻都是表面凹凸不平或用到快看不見商標的球棒，還有一籃顏色像黃土塊般的二手棒球。

「送遮糞埽（pùn-sò）來創啥！」阿嘉把勉強能用的撿出來，其他的就堆在倉庫裡。

事實上，早在二月開學後，球隊的命運就開始出現變化。某天我們被叫到校長室，校長說棒球隊已經成軍三年，卻連地方盃賽都打不好，如果今年全國青棒聯賽沒有拿下前三名，他考慮解散球隊，把經費拿來發展籃球。

「校長，棒球這項運動本來就需要長時間的培養，你也不是不知道，花蓮的好選手都被帶到西部，留下來的真的很少。」我向校長解釋。

「那是你們的事，我只看結果。我已經跟幾間國中說好，下學期一定有籃球隊，但棒球隊就不一定了。」

「校長，那至少要給我們新的球和球棒吧，現有的器材這麼爛，連網子都破到沒辦法補了。」我用手在阿嘉腿上拍兩下，示意他由我來說話。

校長打開他的茶壺，等熱水燒開，注入開水，白煙在他的方形眼鏡上染出一層薄霧，他拿下來用眼鏡布擦拭。

「校長，八強我們可以試看看，但前三名比較難，如果今年沒有前八強，解散也沒話講，八強，好嗎？」

校長把茶葉洗過兩次，把水倒掉，再注入一次熱水。

「好，就八強，等等那兩盒茶包拿去分給小孩子喝。」校長對我們微笑，像是等著看好戲。

我們拿著兩盒茶包離開校長室，不知道阿嘉有沒有察覺，在校長眼裡我們就是茶包，不是茶葉，是次級品。

我們趕著在大賽前籌措更多經費，阿嘉說就當做投資吧，想要賺錢總得先付出，我覺得有道理。於是他白天在學校教球，晚上到我的便當店幫忙，不然就是去賣便宜調酒的酒吧當服務生，或者打各種零工。我主要顧便當店，清晨雞肉攤老闆若是缺人手，我或阿嘉就會去幫忙。「薪水攏先予球隊用，無夠的我看欲對佗位生出來。」那段日子阿嘉和我都是這樣過的。他睡在我店裡的沙發上，睡前我們一起在陽台抽菸，好幾次想，乾脆停下來算了，沒什麼大不了，但終究只是想想而已。

阿嘉的夢想是當棒球教練，我從以前就知道了，只是他始終沒有太多機會，所以才到阿善師的工廠學做手套。經過一段時間後，他的確把球隊運作得很順暢，他總是在檯燈下研究隔天的訓練排程。開始規律訓練後，所有人的動作都進步了，尤其是阿翔，球速比過去快上不少，逐漸在隊內的對抗賽投出好表現。「這是一个好機會。」阿嘉某一天這樣跟我說，像是終於等到最後一班公車。

某天下午我們去釣魚，到了美崙溪才知道阿嘉也約了阿翔一起來。市區的美崙溪邊到處都是釣魚的人，青色的草皮沿著河道綿延到轉彎處，像一條綠色的軌道。他們倆像兄弟一樣一前一後走在草皮上，尋覓一處比較少人的地方垂釣。

「欸，若是有機會，我是講予你想一下，有想欲去國外拍球無？」阿嘉拋竿，等浮標浮上水面後，轉頭問阿翔。

「國外喔？毋知欸，我袂曉講英文，留佇臺灣敢袂使？」

「你白癡喔，留佇臺灣欲創啥？我共你講，叫你去國外拍職業會當趁較濟，毋是叫你去𨑨迌。」

「敢有影？教練你有法度喔？」

「有啦，我熟似一个先輩，伊有咧做介紹。這馬臺灣職業無一定好，你想看覓郭李建夫，去日本比臺灣較贏。」

「這……我嘛是愛想一下啦，共阮老母參詳。」

「參詳啥啦，你阿母的個性你敢毋知？伊絕對袂放你去欸，你聽我的，一定會成。」

「先釣魚啦。」我打斷他們。

我想告訴阿嘉，如果被抓到一定會害了他也害了阿翔，但想到這些日子我們都累得跟狗一樣，有些話還是吞了回去。我們看著各自的浮標，但我心不在焉以至於沒發現餌被吃光了。我不時偷看他們，思考著怎麼拖住這件事，至少不要讓阿翔太快答應。阿嘉一要提這件事，我就遞一支菸給他，叫他不要講話，魚都被他嚇跑了。

阿翔確實是明星球員般的存在，那個年代各隊都有幾個又會投又會打的「二刀流」選手，球投得快、打擊能力好，跑步的速度也是全隊最快。有幾次偷偷帶阿翔去臺北玩，實際上是帶他去跟其他球隊比賽，這件事雖然不太合理但很有吸引力，想看看一個高中生會有什麼表現。也許是這樣才讓阿嘉動了念頭。當時河濱公園的比賽不時會遇到職棒選手放假出來動動身體，現在說出來可能沒人會相信，廖敏雄第一次跟阿翔對決時還被打斷一支球棒呢。比賽結束後廖敏雄還來問阿翔有沒有想進職棒，並勉勵他繼續努力。

趁著阿嘉到樹下小便的時候，我跟過去，不斷回頭確定阿翔沒跟過來。

「欸，你誠無意思呢，按呢拐一个囡仔？你嘛等伊畢業才來講。」

「等到彼時就袂赴啊，你看伊這馬遮好騙，咱這站仔過這啥物日子，百面愛提一寡轉來啊。」

「你創啥叫伊莫共媽媽講？」

「你是咧空喔，伊若是講咱就提無錢你知無。個（in）老母敢有可能送錢予咱？莫戇矣啦。」

他拉上拉鍊，小跑步回去釣魚，我仍站在樹下，一段時間後才走回去。

比賽到第四局，那位「看起來」是阿嘉的男人不時舉起雙手，我注意到他右手的打擊手套裡，食指的位置像洩了氣的氣球，他晃動右手時，空虛的食指在空中上下擺盪。當時如果不要太相信醫生，結果是不是會不一樣？不過也無法不相信吧。雖然看不出來，其實我很會縫球衣、球褲，唯獨把手指縫回去這件事我辦不到。

教練要注意什麼？選手的身體健康？所有比賽的名次？還是為自己的飯碗著想？又或者這些問題其實都糾纏在一起？到現在我仍沒有答案。當時我在教球之餘還有工作，但阿嘉不一樣，他只剩教球。他眼裡的光，是球場上空的陽光。如果要我回去再過一次那樣的生活，我一點也不願意。

三月那場意外後，把阿翔送出國的事我便不再阻止了，眼看他愈來愈積極，甚至像個瘋子。

為了賺錢給球隊用，他什麼工作都接，在既沒有安全繩也沒有保險的工地，我看到他戴上尺寸不合的工地帽，爬上四層樓的鷹架，一眼都不敢往我這裡看。所幸他不是遇上從高處掉落的意外。

當時醫生認為沒問題，我們也就放下了心，但事情的結果卻朝相反的方向發展。

那天市場雞肉攤人手不足，原本負責殺雞、剁肉的人臨時請假，老闆於是打電話給已經來幫忙過幾次的阿嘉。阿嘉前一晚在酒吧搖飲料搖到凌晨四點，睡不到兩個小時又揉揉眼睛出門工作。阿嘉除了丟球和吃飯用右手，其他習慣用左手，這是他在練左打時被教練要求出來的。他左手拿起大支剁刀，把雞肉剁成塊狀，客人需要什麼部位就從攤上取下，使勁將雞肉分解。眼前一陣模糊一陣清晰時，他就搖晃腦袋尋求清醒，但注意力仍無法集中太久，他很疲倦，對於人生或是眼前的無聊工作都是。下一瞬間，他的手指落在厚重的木頭砧板上，像一隻倒地的狗。他看著自己的血和雞血混在一起，接著傳來一陣麻痺，然後才意識到痛感不斷往上竄，直到頭頂，像是踩到紅火蟻穴。血噴濺得到處都是，有如火花。老闆連忙拿來一條布蓋住他右手指的缺口，另外找一塊布包著他的右手食指，打電話叫救護車來載。老闆通知我時已是半小時後，說阿嘉剛上救護車準備去醫院，我連忙趕去醫院。

「醫生，這有救嗎？」我問醫生。

「有，這手術不複雜，先讓護士幫他處理傷口。咦，那根手指在哪裡？」醫生安撫我和阿嘉，並轉頭問一旁的護士。

「醫生，你一定要幫我接好，拜託你了，拜託了。」阿嘉盡力壓抑自己充滿恐懼的呼吸聲。

「好好好，你別擔心，你送來的時間算快，應該沒問題。等等進去手術室，先幫你打麻醉。」

「一定要喔，一定要縫回來。」阿嘉緊皺眉頭，聲音漸漸變得沙啞，急得快哭了。

「我們先推他進去手術。」醫生轉頭跟我說。手術室的門關上後，我坐在門口的長椅上等待。

手術結束，醫生出來卻換了說法：因為時間過得太久，加上斷掉的手指竟然沒有放在冰塊裡，還用沾過雞血的髒布包著，那隻手指被細菌感染了。

「試了幾次，真的沒辦法……很遺憾。」醫生說完便低頭離開，我楞在原地，看著他走了幾步就抬起頭跟其他醫護人員說話，像是什麼也沒發生過。

一小時後，我靜靜地走進病房，看見阿嘉左手臂蓋著額頭，只露出鼻子和嘴巴。他嘴裡唸唸有詞，我聽不懂他在說什麼，好像還沒從噩夢中醒來。

「欸，就按呢無去矣喔？」

「嗯。」

「按呢欲按怎？」他看起來很累，似乎昏昏沉沉，他用左手臂擋住眼睛和房裡的光，聲音開始顫抖，鼻頭開始變紅。

我把手放在他的肩膀上，心想他應該會難過好一陣子吧。阿嘉有時無聲，有時呼吸加重，緩慢地哭了一整晚。

少了一根手指之後，任何東西在他眼裡都是斷掉的手指。

他不時會看著自己缺一塊的右手，用拇指撫摸已經癒合的傷口。他休養兩個禮拜就回到球場，巡視練習時他總是把右手插在口袋裡，需要示範投球、打擊的動作時他都會遲疑一下。有次要打滾地球給內野手接，我看到他的神情，馬上說：「我來拍，你去教投手。」他原本要抽出來的右手又插了回去，緩緩走向正在練習的投手。好幾次他想把右手伸出來最後都會收回去，像是不敢打開便當盒的窮小子。

趁著孩子們吃午餐時，他才伸出右手拿著便當，左手拿筷子夾起高麗菜放入口中。他現在連吃飯都得用左手了。孩子們回教室上課，我們回到便當店，一路上他老是看著右手，習慣性地用大拇指摩擦凹凸不平的癒合處。

他覺得一直這樣不是辦法，決定把手給學生看，並說出為什麼斷掉。沒想到學生們看到阿嘉的手指後，不約而同發出「咦？」的聲音。

「教練，你的手怎麼變這樣？你這樣子要怎麼打手槍，哈哈哈哈。」一個孩子開玩笑地說。

阿嘉把手插回口袋，不知道想起什麼，表情突然凝重，對著所有人大吼：「恁這陣不成囡仔！以為我想嗎？以為我不想把手指縫回來嗎？幹！」

他往剛剛笑最大聲的學生走去，我連忙拉住他。

「阿嘉，莫按呢啦，你莫按呢啦！」

「你莫共我摸，你莫共我摸啦！」

他的聲音聽起來像快要哭出來，我轉頭對所有學生說：「阿翔，整隊，今天練到這裡，解散！」我把阿嘉帶回車上，安撫他的情緒，他趴在方向盤上，只剩大拇指還在摩擦想像中完好的食指。

「教練因為出車禍才把手指弄斷的，下次誰再亂講話，我一定給他退隊！聽到沒有？」我發現學生還留在球場打打鬧鬧，決定下車集合他們訓話，之後再也沒人敢開這件事的玩笑。

從四月初開始，阿嘉邀請了許多球隊來花蓮比賽，他總跟學生們說：「我們要一直比賽，而不是一直練球，就算你可以把我拋的球打得很遠，對手也不會把球放在那裡給你打。」

先是臺北、臺東的球隊，後來臺中的球隊也來到花蓮，當時美崙溪旁的德興棒球場還沒改建。每到比賽前，我跟阿嘉會到酒吧、餐廳去宣傳，我還去印了海報貼在便當店的牆上，讓來吃飯的人知道我們什麼時候比賽。

「這个囡仔的球哪會遮緊啊？」

「就是啊，啥物時陣有這个囡仔，咱哪會攏無看過。」

「講正經的，這斗花蓮欲出名啊。」

場邊的觀眾看到阿翔投球都非常驚訝，通常這種投手都不在花蓮，不是被榮工挖角，就是華興、美和。阿嘉轉過來對我露出微笑，我知道他一定要把阿翔送到國外了，這個夢愈來愈大。

阿翔的消息被帶往不同地方。外地來的球隊開始傳說花蓮有個很厲害的選手，有人說阿翔可以投到一百五十公里，當時要投到一百五十公里根本是稀有動物。有人說阿翔可以連續三天投九局比賽都不會累，如果遇到花蓮隊可能很難贏球。有人甚至懷疑阿翔是晚報戶口，怎麼能讓一個大人在高中的球場比賽，一定要查清楚。

這些傳說，就像是夢想可以成真的暗示。

全國青棒聯賽前一個禮拜，阿嘉和我回到臺南，當時阿善師已經成立自己的品牌了，阿嘉問阿善師有沒有手套可以給他，阿善師在電話裡說：「見面來講。」阿善師看到阿嘉的手，問他發生什麼事，但阿嘉轉頭盯著地上的籃子裡有許多沒有貼標籤的手套。

「師傅，我會當提偌濟走？」

「你若佮意，欲提偌濟就提偌濟。」

「敢正經的？」

「正經的啦，做手套就是愛用，橫直遮是做來予人客試用的。」

「按呢我攏欲紮走，多謝勞力，哈哈哈哈閣予我省一條。」

阿嘉看著阿善師的手套工廠，問阿善師的手套叫什麼品牌。阿善師說叫太陽牌，現在正是職棒升起的時候。阿嘉說：「名號了真好，聽起來足讚的。」我們將一籃一籃手套放上車，阿嘉開玩笑地問說以後沒工作了，可以再回來這裡做手套嗎？阿善師只是笑笑，沒有回答。

當天開夜車回到花蓮，清晨馬上接著練習。上午的練習結束後，學生們站成一排，阿嘉依照守備位置挑選適合的手套發給他們。他把手套交到孩子手中時，沒有表情也沒有說話，只是看著他們胸口的某個地方。回家的路上他告訴我一件事，不知道從什麼時候開始，他說話變得冷冷的，好像是畏懼人類的流浪狗。

「欸，我已經講好矣，等比賽開始，球探會來看阿翔，到時你莫講話，恬恬仔看就好。」

我深呼吸，把車窗搖下，右手擺在窗戶外面。

「你講好就好，我無意見。」

「前幾工我炁阿翔去見朋友，第一改見面就擊幾若球，我看只要無受傷，一定會出去。」

「阿翔敢有講好？」

「有，伊答應我，咱閣有簽字。」

「閣有簽字？你叫一个囡仔簽字？你嘛較拜託欸。」

「我共你講啦！這件代誌無通予伊反悔，我一定愛提著，萬不二我真正愛走咧？我手按呢啥人會請我去作穡（sit）？」

「莫講啊，我無想欲閣講啊。」我看向窗外。

過一下子之後，阿嘉問我：

「欲食物件無？」

「嗯。」

我們把車停在巷口，走到一間常去的小吃店。我們兩人一定會點的是滷肉飯，我不吃那片黃色的醃蘿蔔，阿嘉已經把飯吃了一半，我將那片蘿蔔夾給他，他抬頭看了我一眼。

「若是無法度，咱以後會當做伙賣便當。」我說完就低頭吃飯。記得那天的飯粒比較乾，滷汁比平常再鹹一點。

這是我們比賽前最後一次意見不合，好像也是最後一次。當時我們都沒對外說阿翔的事，現在阿翔和其他人應該都結婚生小孩了吧，而其他人永遠不會知道當初有這個祕密協議。

睡過一天，然後再一天，每天都累到一躺下就睡著，不知不覺就要出發去比賽了。大夥搭上火車到嘉義，嘉義的一切看起來都很熱鬧，充滿了人，孩子們一下車都像是瘋了一樣發出驚呼聲。我們住在廟裡，阿嘉找到一間廟能夠容納這麼多人，廟方聽到我們從花蓮來，不跟我們收一毛錢。孩子們打通鋪，我跟阿嘉睡在旁邊的小隔間裡，隔間大概三坪左右，平時是拿來放雜物的。

夜深人靜的巷弄裡不時傳來貓的叫聲，夏天的溫度悶熱潮濕，空氣中瀰漫著一股酸味，或許是我們身上的味道。阿嘉睡前又用大拇指摩擦斷掉又癒合的地方，好像那個地方會再長出一隻新的。我試著想如果是我斷了一隻手指，可能什麼也不想做，或者躲起來過日子。阿嘉一直看著天花板，看著空無一物的天花板，不知道在想什麼。

「欸，若是明仔載的比賽贏就會使拚金牌，但是咱差人五分，你會共阿翔換掉無？」阿嘉突然開口問我。

「哼，猶未拍就咧想輸。」

「先想起來囥啊。是欲予伊掔（khian）煞，抑是換人？若是你會換投無？」

「我想，若是輸五分反勢閣會贏。嗯……毋過……可能我會換掉，畢竟囡仔的手毋是我的，你敢毋是欲共伊送出國？」

「嗯，若受傷我就提無錢，只是學校的名聲嘛是愛顧。」

「你問我這欲創啥？你調度從來毋捌佮我參詳過啊。」

「無啥意思，我只是問一下。」

我後來才知道他為什麼問我這個問題，因為我們真的差點打進八強，可惜遇到當時實力頂尖的隊伍。我們對這個問題的答案是一樣的，只是出發點略有不同。

比賽的細節我沒有記得多少，只依稀記得前兩場比賽的對手是屏東跟臺東，比賽只間隔一天，兩場比賽都是阿翔先發，後面換人。很神奇的是，前兩場比賽都取得勝利，甚至讓其中一隊掛了七顆鴨蛋，阿翔在那兩場比賽的表現讓各隊開始思考如何應對，甚至有對手來場邊情蒐。消息傳回學校，士氣大振。然而這不是好的發展，因為結果我們都不想看見。

比賽打到第七局，有些人起來動動身體、上廁所，我瞥見披薩店旁有賣生啤酒，趕快趁隊伍還不長時加入排隊，心裡盤算著要買一杯還是兩杯。

我端著啤酒走下階梯，看見阿嘉依然坐在位子上。剛剛真的有買杯啤酒去跟他打招呼的衝動，但終究還是只買了一杯。

結果我們沒有打進八強，原因不在於阿嘉的調度，也不是選手表現不好，反之我們一路領先，但校長突然出現在休息區，一切都亂了。

攸關八強的那場比賽，我們應該是跟臺北市比，要知道那時候的華興中學是冠軍隊的強力候選人，我們前五局還可以領先四分，都要歸功給阿翔。只是面對華興這樣的對手打起來很辛苦，每次投球都像是要把橡皮筋拉到最緊才能彈出，若稍稍放鬆，華興絕對不會漏失機會。這一點阿嘉和我知道，阿翔也知道。那天阿嘉每局都只問我一句話：

「幾粒？」

「八十四。」

第五局結束，他又問我：

「幾粒啊？」

「九十九。」

比賽到第五局，中場休息的時間比較長，阿嘉跟我到休息區後面抽菸。

「愛換人無？」

「看你啊，敢有人通換？」

「我想一下。」他緩緩把菸吸進肺部，吐煙的同時望向球場，他在看等等有誰能投球。

「無閣予伊擊一局，看會使佇百二粒前解決無。」

此時我們聽到腳步聲由遠而近，阿嘉面對我把菸熄掉，「校長好！」我也趕忙把菸熄掉，轉過頭問好。

「兩位教練好，目前打得怎麼樣啊？」

「報告校長，現在還領先。來，我們去休息區。」

帶著校長到休息區，比賽準備重新開始，在投手丘上的阿翔看起來有點怪怪的，天氣悶熱，才第六局就換了兩件內衣。這局真的是阿翔的最後一局了。棒球場上的事，愈是計畫就愈是不照計畫發展。我跟阿嘉都看出了阿翔的腿抬不高，往前跨步踩在地上時有些不穩，他投的球開始被對手掌握，強勁的界外球飛過我們頭頂。看似危機，不過阿翔還是穩住了，頻頻投出讓對手往地上打的球，游擊手連續接了三顆滾地球傳向一壘，這一局過關了。

阿翔下場時，阿嘉伸出左手跟他握手，阿翔也握手，表示投球的工作完成了。

「等咧換伊。」

「好。」我在名單上把阿翔劃掉，寫上替補選手的號碼。

「教練，那個投手不是我們最好的嗎？怎麼要換他下來？」

「校長，你也知道他是王牌喔？不過他已經投了一百一十二顆球了，他累了。」我跟校長解釋。

「我當然知道啊。喂，贏華興會是大新聞欸，你們不會不知道吧？這場比賽贏了不就八強了嗎？差三個半局而已，如果換掉他而輸了怎麼辦？」

「袂輸啦，選手的狀況我們最清楚，校長你站在旁邊看就好。」阿嘉說話時眼睛沒有看向校長。校長停了幾秒，走到他旁邊小聲地說：「沒關係，你如果不讓他上場，球隊我會留著，但你不會。」

阿嘉轉過頭看著校長，校長沒有迴避阿嘉的眼神，就像兩頭公獅子，誰也不讓誰。阿嘉看我一眼，我看看阿翔，阿翔說：「教練，這場就予我處理。」阿翔說話時凝視著我們三個，的確是王牌投手的風格。校長給他一個上下晃動的大拇指，「很好，很好，英雄出少年！」

後攻的華興中學沒有顯得急躁，反而愈來愈懂得等待。在不對的時機換人跟在對的時機不換人，意思是差不多的。

「求平安就好。」阿嘉小聲地說，這句話不只對著我講也對著阿翔說。話說完沒多久，阿翔球剛離手就跌坐在投手丘上，抱著大腿大叫。我們全部衝上去，只有校長呆在原地，再一回頭他已經不在休息區了。裁判喊暫停十分鐘，阿嘉連忙叫牛棚裡的投手趕快熱身。要知道休息後冷掉的手臂，要馬上進入備戰狀態是很困難的，比賽結果可想而知。走出球場的時候，球探來找阿嘉表達惋惜之意，希望阿翔沒事。

現在想起來還是很遺憾，當時的場地非常差，醫生說可能是投手丘太硬，導致阿翔本來就疲勞的大腿撐住投球力量的瞬間骨折了，需要休息半年以上才有可能回到球場。

當天我跟他到醫院看阿翔，緊急開刀處理之後打上石膏。到醫院時阿翔還在睡，我們在病床邊看著他。

「無效啊，啥物攏無啊。」

「你講啥？」

「伊這馬受傷，攏免出國啊。」

「嗯。」

「真正是姦恁娘。」

阿嘉講著講著眼淚含在眼眶裡，我不知道他是因為哪件事而哭，或兩者都有。

我摸摸他的背，「這毋是你的問題，是校長講的。」

「嗚……」阿嘉壓扁自己的哭聲，口齒不清。

是這樣沒錯，但如果阿嘉不聽從校長的話，這件事就不會真的發生。說來說去，教練到底算什麼？

「莫共吵起來，予伊睏，明仔載我先焉其他的人轉去花蓮，你留佇遮陪伊。」

「嗯。」阿嘉用手臂擦眼淚，手臂因為淚水而反光。

阿嘉跟阿翔晚了兩天才回來。聽阿嘉說，阿翔整路都不跟他說話，他怕阿翔口渴，買了罐水放在杯架上，阿翔連打開都沒有。透過車窗玻璃的反射，阿嘉看到阿翔的臉，無論阿嘉說什麼他都是毫不關心的表情，阿嘉知道阿翔聽不進他說的話。

大家看到阿翔回來非常高興，那天我帶著所有隊員在球場整理，看到他們兩個人走來，大家都去迎接，之前輸球的氣氛一掃而去。

我們集合所有人，告訴他們學校可能會解散球隊，勉勵他們以後要好好念書。阿翔當時看起來非常生氣，頭低低地盯著地上，嘴唇緊閉像要把牙齒咬碎。其他人皺著眉頭看著我們兩個，像是一車待宰的雞不知道該怎麼辦。鼓勵的話還沒說完，校長帶了兩個年輕人朝球場走來，我們背對著所以沒發現。

「校長好！」孩子齊聲向校長打招呼。

「好好好，你們好，在精神喊話嗎？你們比賽打得很好，非常好。」

我把手放在阿嘉的後腰上，示意我來說話。

「校長好，請問有什麼事？我們正在跟孩子們道別，很遺憾沒進八強。」

「什麼解散？沒有這件事啦。大家別擔心，你們一樣有球打，而且我找來兩位新教練，讓你們有更專業、更好的訓練，好不好？」

孩子們看看我們又看向校長，不敢說話。

「校長你這是什麼意思？」阿嘉壓抑著情緒說。

「這次我看到棒球隊的希望，新聞報導也很動人，我想一定是教練不夠認真、不夠專業，於是我向教育處徵求新的教練。非常幸運，我們真的非常幸運，這兩位教練都是職業退役的，一定夠專業。」

「校長，你什麼意思?!」我把阿嘉往後拉，他左手握拳，我阻擋不了阿嘉的憤怒，他整個人就像被長浪淹沒。

「還不都是你害的！幹！到底是啥潲！你咧啥潲！」

阿嘉用左手指著校長，無論我多用力拉住他，他依然漸漸朝校長逼進。

「一開始說沒機會，現在又說沒這回事，錢不給，設備也不買新的，現在又要把我們兩個換掉，到底咧創啥潲啦！」

他充滿憤怒的眼睛裡濕濕的，睜大眼睛看著在場的所有人。

「好矣，阿嘉莫閣講啊，莫閣講啊。」

「啊！啊！啊啊啊啊！」阿嘉幾乎用盡全力地吼，脖子脹紅、青筋浮出，連眼睛周圍都看得到幾條血管。他用兩隻手敲打自己的頭，我連忙抓緊他的雙手，抱住他，把他帶回車上。

我不時轉頭看向那群人，他們沒人說話也沒人幫忙。阿翔的眼神讓我覺得這一切都是我們的錯，他們才是對的。我關上車門，阻隔所有聲音，按下車門鎖。阿嘉的右手不斷敲打車窗和前置物箱，我看見他手指上的肉色缺口，像座沒有生命的山坡。

九局上半，我的故事快說完了。阿嘉看起來還是很高興，今天地主球隊準備要贏球了，全場球迷都很期待兩顆紅燈消失吧。阿嘉揮舞著雙手，像小孩一樣對著場上的打者喊三振，還回頭帶觀眾們一起喊。他的牙齒好白，搭配他黑到發亮的皮膚，整個人就像在發光一樣。

我慢慢開著小發財車回到便當店，沿路我們什麼話都沒說，沒什麼好說的，我知道他已經放棄了。我拉下鐵捲門，當天不營業了，我們各自坐在沙發和鐵椅子上，有時抽菸，更多時候睜著空空的眼睛，像在凝視空氣。

「我出去一下。」

「去佗位？」

下午三點半左右，這是我跟他說的最後一句話，他關上小鐵門，把所有聲音阻絕在外。

到晚上九點多他還沒回來，當時沒有電話，只好報警。但一年過去、兩年過去，他成了失蹤人口。我離開花蓮，時間一過就是幾十年，都沒再聽到他的消息。

後來阿翔升上二年級，努力半年多回到球場，高三畢業後真的進入職棒隊，卻在幾年後的「黑熊事件」中草草結束了職業生涯。阿嘉一定沒想到阿翔的職業生涯是這樣收尾，就像我也沒想過會在這裡再次見到阿嘉。

這場比賽在一顆二壘滾地球傳向一壘之後結束。

我看見阿嘉起身將外套穿上，朝我的方向走來，我脫下口罩，將目光定在他臉上，希望他能注意到我，然而從遠到近，他始終沒有看我一眼，只是隨著人群走向出口。我起身跟在他後面，一步一步走上階梯，走出球場的大門。我眼睛一直盯著他的後腦勺，思考著什麼時機伸手拍他肩膀比較合適。

我在球場的出口稍停，將手中的垃圾分類完丟入垃圾桶，一邊抬頭看著他的背影走進人群。當我快步追過去時，已經看不見他的灰色外套和鴨舌帽，反而有更多人在我面前穿梭，像是一輛又一輛移動中的車。

我停下腳步看向他可能離開的方向。

或許，這樣就好。

最好的投手丘

父親憤怒的眼神和傷人的話語，讓他感覺自己的心裡什麼都沒有了。
難道哥哥的比賽和雪芙蘭都比他還重要嗎？

蓋倫在他二十五歲又五個月時，得到一份珍貴的工作。他第一次以球團員工的身分踏進芝加哥小熊隊的球場，感覺到無法形容的興奮。他轉頭看著身後一壘側的觀眾席，想起二十年前第一次，他和媽媽瑪莉、哥哥艾倫，坐在一壘側（幾乎每次都在一壘側）看著喬——他的父親——投球，就是在這個球場。想到父親的臉時，他搖搖頭，想跳過喬投球的畫面。

「嗨，蓋倫，你好嗎？」

球隊經理從他身後走出來。

「我很好。」

蓋倫面帶微笑和他握手。

「開幕前有很多準備工作，交給你囉。」

「我等不及了。」

蓋倫升上大學二年級前曾報名大聯盟選秀會，可惜他的名字並未出現在大家的耳朵裡。母親握著他的手。

「別太在意，只是今年上帝沒幫你規劃罷了，你可以再試一次。」

「我不會沮喪的，媽，我沒事。」

蓋倫左右看著那些戴著大聯盟球帽的人，各自跟滿臉笑容的親人、女友擁抱。他扶起媽媽，去年她剛動完膝蓋手術，走路很慢，需要攙扶。

「走吧，媽，我們慢慢走。」

那是他人生中時間最慢的時刻。

直到大學畢業蓋倫都沒再參加選秀，他放棄了。大二開始，他的心思已經不在球場上，只想先將學業完成，畢業後再打算未來。偶爾他會趁球隊沒有練習的時間，在學校的球場邊隨意地散步，看著右外野的草皮，他以前熟悉的地方。有天他看到球場管理員傑夫，他明年打算退休了。他看見傑夫開著綠色的整場車，造型像是收割機。每當蓋倫他們練習前後，傑夫都是這樣在球場裡工作。蓋倫坐在觀眾席上看傑夫在球場裡繞圈，經過一壘往本壘方向前進，再往三壘方向順時針撫平內野紅土上的不平整處。傑夫看到蓋倫後停下車子，熄火。

「嘿，兄弟，怎麼啦？」

「嘿，傑夫，怎麼還在這看到你？」

「場地仍然需要整理，目前還沒找到人呢。」

「或許，你可以教我怎麼開這輛車嗎？傑夫。」

「可以啊，過來。」他向蓋倫招手。

傑夫教蓋倫如何使用整場車。蓋倫坐在方向盤前，傑夫坐在他的右手邊。傑夫教蓋倫放下橫桿，讓後面的鐵網降下來貼緊地面，再踩下油門緩緩前進。

「記住，慢一點，不能讓球場發生颶風。」

「我懂，你有時候也製造了些颶風呢。」

「哈哈哈。對，非常好。」

「或許，我可以代替你工作，傑夫。」

「你不打棒球了嗎？」

「對，結束了。」

傑夫將手搭在蓋倫肩上，後來蓋倫接下了這份工作。

「嘿，蓋倫，你怎麼了？」球團經理手搭在蓋倫的左肩上。

「噢，我沒事，只是覺得不可思議。」

「離開幕還有一週，祝你一切順利囉。」

「沒問題，謝謝你。」

蓋倫回到家，從冰箱拿了瓶啤酒坐在沙發上，順手打開電視，畫面停在電影台。

「有多久沒看這部電影了啊？哇。」

蓋倫喝了口啤酒。

《夢幻成真》這部電影，蓋倫幾年前看過一次，有些劇情已經不記得了。現在他又多了幾歲，剛得到一份夢寐以求的大聯盟場務工作，或許重看會有新發現也不一定。

這部電影講述一個住在愛荷華的男人——雷，他的父親約翰曾經是小聯盟球員，但沒有太大的發展，離開球場後到海軍工廠上班。小時候他常和父親為了支持洋基隊還是道奇隊而爭執，後來道奇隊離開布魯克林，他們又因為別的事情吵架。雷考大學時故意選擇離家較遠的柏克萊大學，畢業後跟女友、也是後來的妻子移居愛荷華。他們結婚那年父親去世了，女兒在同一年出生。後來雷和妻子商量，乾脆種點什麼，於是在愛荷華買下一塊地，當起了農夫。

故事發生的那天，雷在整理自己耕種的玉米田時聽見一個聲音：「如果你建造它，他就會來。」這句話不斷在雷周圍的玉米叢林間環繞，像是走不出去的迷宮，困惑著雷，也召喚著雷。於是在妻子的支持下，雷幾乎花光積蓄，剷掉原本的玉米田，改建成一座棒球場。

每到深夜，雷隱約能從外野的玉米欉後方看見人影，剛開始是一個，後來兩個、三個，一直到八個人。這些人都是過去職棒明星的鬼魂，其中一位還是父親的偶像——白襪隊大名鼎鼎的無鞋喬（Shoeless Joe），雷簡直不敢相信自己的眼睛。無鞋喬的鬼魂讚嘆地看著這座球場，臨要離去時問：「這裡是天堂嗎？」雷笑著回答：「不，這裡是愛荷華。」

漸漸地，來到這裡的鬼魂愈來愈多，甚至在白天出現。他們起初在球場上練習，最後竟湊出兩隊的人數可以比賽。雷最喜歡抱著女兒坐在觀眾席上看他們比賽。一直以來，雷的舅子以收支不平為由要求雷賣掉這塊地。雖然為債務所苦，但雷相信這座球場可以讓許多人把失去的事物找回來，特別是童年的美好。雷年幼的女兒更童言童語地說：人們會到這裡來。

他拒絕了舅子的提議，同時發現舅子看不見正在比賽的鬼魂們，他這才明白，原來相信才能看見。

電影的最後，某天，無鞋喬和其他鬼魂離開球場後，一位身穿洋基球衣的男人走過來，雷一眼就認出是自己的父親約翰，而且是他從未看過，年輕、眼神充滿光芒的父親。畫面跳到傍晚他和父親走在壘線旁，約翰說：「這裡好美，讓我感覺像是夢幻成真了。」接著又問：「這裡是天堂嗎？」雷回答：「這裡是愛荷華。」一陣沉默後，雷反問：「難道真的有天堂嗎？」約翰回答：「有的，就是讓夢想成真的地方。」雷轉頭望向四周，望向妻女，說：「或許這裡真的是天堂。」他與父親短暫相視，約翰說他該走了。

「晚安，雷。」
「晚安，約翰。」
看著父親轉身離開，雷突然想起以前和父親相處時的美好與遺憾，記憶中從沒和父親玩過傳接球。
雷問：「嘿，爸，我們來玩傳接球好嗎？」
父親轉過身，說：「我喜歡。」
兩人在變暗的天色中玩起傳接球，妻子將球場的燈打開，一瞬間明亮如白天。這時鏡頭慢慢拉遠，隱約看見遠方有許多車輛往球場的方向開來，就像是一條閃閃發亮的河流。

電影結束了，蓋倫靠在沙發扶手上不發一語，他深深吸氣，再沉沉吐出。高中畢業後他從沒想過要解決和父親之間的問題，也忘了小時候跟父親傳接球的記憶。蓋倫知道，無論他把球場整理得多漂亮，父親都可能不會來，父親已經是個老頭，或許再也沒有機會回到大聯盟了。

蓋倫想起十二歲那年，他恐怕一輩子都忘不了父親主投的那場比賽。人生有幾次能親眼看見無安打比賽的誕生呢？

年輕時父親戴著一付黑框眼鏡，瘦瘦高高的。因為隊友都留八字鬍，他也就留了鬍子，這讓他看起來像一位大學教授。他的投球風格也像在大學裡最不想遇到的那種教授，他的直球和犀利變速球會讓打者繳出一份不及格的考卷，於是球迷給他取了「教授」的外號。

在芝加哥，無論大人還是剛學會打球的孩子，都會被教授的投球深深吸引。最令球迷驕傲的是，教授這輩子從沒離開過芝加哥。

十三年前的那場比賽，媽媽帶著哥哥和蓋倫坐在一壘側的觀眾席，因為父親是左投手，坐在一壘側才能看見父親投球的表情。蓋倫拿著攝影機，心裡很興奮，期待錄下父親完成無安打比賽的瞬間。當晚瑞格利球場像是沸騰的熱水，幾乎所有人都離開椅子，伸長脖子注視場上的一切。

最後的九局上半，教授小跑步到投手丘，將止滑粉沾在手上，再吹掉一些，他的上空瀰漫著一層白色粉霧。同時，他用釘鞋撥掉投手板上的紅土。

他習慣將手套高舉過頭，再抬起右腳往本壘跨一大步，將球甩向本壘。那天晚上教授的直球像是迎面而來的火車，變速球則像一道黑影，瞬間消失在打者揮棒的過程中。

「媽，爸快完成了。」

「蓋倫，噓，安靜。」媽將食指放在嘴巴前，要蓋倫閉嘴。

投手快要完成無安打比賽前，千萬不能說破，有時候話才出口，無安打比賽就失敗了。這是禁忌。

「抱歉，媽。」

外野計分板上出局的紅燈亮起第二顆，全場觀眾開始鼓譟，等到教授投球時，球迷們又像怕吵醒正在睡覺的嬰兒一樣，聲音少了大半。蓋倫看著周圍的人，有些人雙手緊握放在胸前，蓋倫也模仿起來，閉上眼將手放在胸前，「上帝，求求祢了。」

這個半局的第三位打者站上打擊區，蓋倫將攝影機打開，鏡頭對著父親，往後拉遠聚焦在父親與打者對決的畫面。前兩顆好球打者都揮棒落空，計分板上顯示好球的黃色燈迅速亮起，觀眾席又沸騰起來，口哨、歡呼、鼓掌聲包圍所有的人。

「上吧！爸，上吧！」蓋倫跟著哥哥一起向場中呼喊。

「我們一起喊吧。」媽媽將兩個小孩一左一右摟在一起。

「上吧！喬，唷喝！」

小白球飛向中外野的天空，教授轉身將左手指向天空，中外野手已經就定位，將白球收進手套裡。

「耶！」母子三人抱在一起，蓋倫忘記按暫停，螢幕不斷地晃動，充斥著尖叫聲與歡呼聲。球員們都聚在投手丘上圍住教授，像是在玩摔角遊戲。

「教授！教授！教授！教授！」全場觀眾大喊。

「那是我爸爸！那是我爸爸！」蓋倫激動地跟旁邊的觀眾說。

蓋倫回家後將影片檔案傳到電腦裡，最後父親手指天空，鏡頭也跟著轉到中外野手，接殺之後的畫面劇烈抖動，有時對著媽媽的臉，有些瞬間是哥哥，還有許許多多開心的人們。

此刻蓋倫坐在電腦前，把那時的影片打開。觀眾的聲音、球場的氣味、球棒與球的撞擊聲，那天晚上的一切都太驚喜了。蓋倫很清楚，升上中學後發生的一連串事情讓他和父親再也沒辦法好好說話，當時他十七歲。

蓋倫和哥哥受父親啟發，加入學校的棒球隊，哥哥是投手，蓋倫是右外野手。高中時，艾倫是當地的明星投手，不僅球速快，還能夠投出一手好曲球，每一場哥哥主投的比賽，蓋倫都好想站在外野幫他守備，可是他很少有這個機會。一直到哥哥三年級時，蓋倫才總算因為主力外野手受傷而有機會上場。那場比賽，哥哥的投球讓對方只能打出外野手頭頂的飛球和軟弱滾地球。「原來無安打比賽是這種感覺。」蓋倫想到這裡便緊張起來。

一顆球打向蓋倫的頭頂，眼看就要接殺這顆平凡的飛球，終結比賽，大夥會開始慶祝。當球快飛近時，蓋倫眼前卻突然一片白光，他本能地偏頭眨眼，停下腳步，但仍記得伸出手套。他覺得自己應該能接到，睜開眼卻看見球落在他前面的地上，形成安打。他馬上撿起球丟回給內野手，吐了吐舌頭，單膝跪地，卻看到哥哥雙手抱頭，一副難以置信的表情看著他。蓋倫用手擋住陽光，「該死，我怎麼會忘記戴太陽眼鏡。」中外野的看板上，安打的欄位掛上了「1」的牌子，哥哥的無安打比賽失敗了。

比賽結束後回家路上，蓋倫走在哥哥後面三公尺，他知道現在最好不要說話。雖然比賽還是贏了，蓋倫依然忘不掉那顆球，以及哥哥的神情。最後蓋倫受不了令人窒息的氣氛，加快腳步走到哥哥的旁邊。

「抱歉，我搞砸了。」

「別提了，現在不要。」哥哥看都不看他一眼。

「對不起，我忘記戴太陽眼鏡。」

「可以請你安靜一下嗎？就現在，蓋倫。」

「我很緊張。」蓋倫伸手要拍哥哥的肩膀。

哥哥撥掉蓋倫的手。「閉嘴！我真的會揍你一頓，不要再說了。」

那時候蓋倫不明白這件事對哥哥有多重要，他非常生氣哥哥因為一顆球而對他發飆。哥哥愈走愈快，蓋倫不敢再追上去。他看著哥哥離去的背影，覺得自己彷彿又回到失誤的當下，回到距離投手丘遙遠的右外野。

當天父親沒有比賽，練習結束後早早回到家一起享用晚餐。哥哥坐在蓋倫對面低頭吃著，偶爾問父親有關比賽的問題。媽媽想起兄弟倆今天有比賽，於是問：

「今天的比賽怎麼樣？」

「當然是贏了，艾倫主宰了比賽。」

艾倫低頭不說話。

「你真的主宰了比賽啊，艾倫？」

「如果蓋倫有把太陽眼鏡戴上，我就會出現在明天的報紙上了。」

「什麼意思？」媽媽看著艾倫，再看向蓋倫。

蓋倫忍不住了，他把叉子丟在盤子上，對著艾倫大聲講話：

「只是一場比賽，而且贏了啊，難道失誤不是比賽的一部分嗎？」

「你毀了我的無安打！就是你！」艾倫放下叉子，惡狠狠地瞪著蓋倫。

「好了！比賽結束就是結束，繼續吃你們的食物，然後回房間去。」喬阻止他們。

蓋倫握著叉子的木柄，淚水在眼眶打轉，他握著叉子大叫一聲，站起身來往艾倫身上攻擊，喬看見後馬上伸出左手阻擋，蓋倫控制不住，叉子插進了喬的左手掌。

「該死，蓋倫，你他媽在幹嘛！」

「噢，天啊，天啊！」媽媽衝進房間拿乾淨的毛巾包住喬的手。

蓋倫看見血從父親的左手掌滲出時才發現闖禍了，嚇得呆住，不知道該怎麼辦。

艾倫慌張地拿起電話叫救護車。

喬用右手指著蓋倫，「幹！你這個混蛋！」

救護車趕到後，喬和瑪莉一同前往醫院。蓋倫腦中一片空白，癱坐在椅子上，他第一次被父親罵得這麼難聽。

「你差一點就殺了我。」艾倫冷冷地對著蓋倫說，隨後衝上樓進房間。

直到晚上九點，蓋倫仍癱軟在椅子上。剛從醫院回到家的瑪莉和喬看到蓋倫雙眼紅腫，像哭了很久。

蓋倫覺得他該說些什麼。

「爸，你還好嗎？」

「明天是你爸這個球季最後一場先發，你知道嗎？」母親說到後來紅了眼眶。

蓋倫想到這個球季父親要挑戰二十勝，這是個大紀錄，對父親和小熊隊都是偉大的紀錄。

「蓋倫，今天就讓我們休息了。」瑪莉的聲音充滿疲累，送喬上樓休息後又下樓收拾餐盤，擦拭血跡。蓋倫默默上樓，他的腳步聲刻意踩得很輕，像個隱形人無聲無息。

隔天蓋倫見到父親。

「嘿，爸，你還好嗎？」

「……」

「很抱歉弄傷你。我不是故意的。」

「如果我不阻止你，不知道艾倫會發生什麼事。」

「我很後悔，爸。」

「已經無法挽回了。」

「我很抱歉。」

「走開！」

蓋倫離開客廳，躲回自己的房間。他坐在床上暗自期盼，過一段時間，也許是下午或是晚餐時間，父親和艾倫會來敲他的房門，叫他別難過了，他們不怪他了。可是等到肚子餓了，他下樓才發現家裡一個人都沒有，車庫、庭院裡都沒聽到任何聲音。

那天之後，蓋倫不再準時回家，放學練習完就跟隊友到附近鬼混。

「你敢偷開你爸的車嗎？蓋倫。」

「我們從不敢碰他的車，免得被揍。」

「噢，拜託，你爸有三天的時間不在芝加哥。」

「讓我想一下。」

蓋倫等到母親睡著，將車庫鐵門轉成手動，盡量壓低聲響地拉起。去年他就考到駕照了，他記得怎麼發動父親的雪芙蘭。

「隨便去什麼地方都好，蓋倫。」

蓋倫開車上路，搖下車窗感受春天的溫度。但抒情的情調不是他想要的，他想打破窒悶的心情。他踩下油門，午夜兩點的街道上除了他們之外，其他事物都在睡覺。

「嘿！大夥，讓我們來點速度！」

「唷喝！」

車子筆直前衝，所有人都嗨了起來，打在臉上的風讓人眼睛快要睜不開。下一瞬間，爆胎聲出現的同時車子像是飛出了蓋倫的手，他急踩刹車，抓著方向盤左右控制，仍沒能讓車子安全停下。車子撞上路邊的消防栓，再打滑往停在道路左側的一排轎車撞去，車門擦出火花，車身往前移動了幾公尺才停下。猛烈的撞擊讓所有人發出哀號，直往天空噴灑的水柱像一座噴泉，不合時宜地歡樂著。同伴們奮力推開右側車門，狼狽地跌坐在地上，被地上的玻璃碎片扎得哇哇叫。雪芙蘭的車頭近乎全毀，左側車門因撞擊而變形，蓋倫眼神空空地坐在駕駛座上看著被擋風玻璃切割成蜘蛛網的天空，漸漸閉上眼睛，他什麼都聽不見，除了自己愈發急促的喘氣聲。

兩天後，在客場比完賽的喬跟球隊告假，三連戰還沒結束就趕回家，看見蓋倫左手打著石膏，臉上和手臂都是淤青。他將行李甩在客廳地板上，指著蓋倫罵：

「該死的混蛋，搞什麼鬼！」

蓋倫不說話。

「你到底有什麼問題?!」

蓋倫還是不說話。

「從今天起，隨便你想做什麼，我他媽的不在乎了，也許你那天就該被你自己撞死。」

「嘿，喬，別講這種話。快跟你爸道歉，蓋倫。」瑪莉拉住丈夫，要他冷靜點。

母親告訴蓋倫，父親在比賽中大腿拉傷，接下來不一定能上場，又聽到蓋倫闖出這麼大的禍，心情更加不好，更不用說還有道歉賠償等善後事情要處理。蓋倫想起他剛被救出車外時，看到雪芙蘭近乎全毀，當下他竟有種快樂，父親會收到消息，會為了他趕回來，會跟他說些什麼——但不是現在聽到的這些就是了。

高中畢業之後，蓋倫到離家很遠的德州農工大學繼續打球，很少回家，也幾乎不再跟父親說話。偶爾回家，晚餐時間也不再一起吃飯，在家裡他總是沉默，只會陪母親在午後散步。哥哥艾倫留在芝加哥念大學，加入校隊，不過不是棒球，而是穿上厚重護具的橄欖球隊。

「蓋倫，學校生活好嗎？」

「還過得去。」

「你爸爸他今天要到紐約比賽，我們很久沒一起吃晚餐了。」

「沒事的，媽。」

蓋倫沒告訴母親，他知道今天父親要去客場比賽，所以才選在今天回家。

「你打算什麼時候回去學校？什麼時候有比賽？」

「明天就回去。比賽嘛……我不確我會不會上場。艾倫在哪？他最近怎麼樣？」

「他每天都在學校練橄欖球，球隊下一任的四分衛可能是他了。」

「聽起來很棒。」

「嘿，男孩，你感覺長大了。」

「有嗎？可能我現在一個人住。」

「就是有點不一樣。」

「嗯哼。」

蓋倫夜深人靜的時候會想起這些事。父親憤怒的眼神和傷人的話語，讓他感覺自己的心裡什麼都沒有了。難道哥哥的比賽和雪芙蘭都比他還重要嗎？為什麼他們就此不再要好了？

母親多次打電話叫他回家吃飯，他每一次都找理由搪塞。他知道如果是父親叫他，他就會願意回家，會為他過去不成熟的錯誤再道歉一次。他想要道歉，也希望能得到不同的回應。偶爾，母親將電話拿給父親聽，蓋倫開始生疏地喊他教授，這樣的稱呼讓他自在許多。父親的態度也不一樣了，不再和他聊東聊西，取代的是簡短的回答或生硬的問候。有次母親打電話來時蓋倫喝了酒，一度想說些什麼又閉上嘴，改扯些無關緊要的瑣事，草草掛掉電話。他想起父親時，畫面常常是他小學一年級時的一個放學午後，父親帶著他和哥哥到公園裡打棒球。夕陽將父親的表情照得一清二楚。父親會帶著單眼相機拍下兄弟倆追逐嬉戲、你投我打的畫面，蓋倫會拉著父親的褲管，要他教自己投出最厲害的球來對付哥哥。蓋倫記得父親說：「等你長大一點，我會教你。」蓋倫一直相信父親總有一天會教他最厲害的變速球。每次想到這段回憶，蓋倫就覺得時間在不知不覺中慢了下來。

這些年來，蓋倫決定把他和父親之間的問題當成化石，就讓那些難以消解的部分留著吧。終有一天他會忘掉那些記憶，忘掉快樂的對照組，一定會忘記的。

蓋倫一直逃避，卻還是遇到父親了。他得知父親近期將回到大聯盟，不知道該怎麼消化這個消息。他看著手機螢幕上的電話號碼，好幾年沒撥過，說不定換了，要是真見到他要說什麼呢？蓋倫一直想，洗澡的時候想，吃飯的時候想，連去酒吧把妹的時候也會不經意地想到。最後他決定，父親說什麼他就回應什麼，一樣稱呼他教授。他再次從記憶裡找出父親那時看他的眼神，更加確信自己已經被遺棄了。

「開幕戰當天是喬的退休賽，別忘了要佈置他的背號跟專屬標誌在投手丘後方喔。」行銷部在開會時向大家報告這個消息。

蓋倫這才明白父親重回大聯盟並非是因為實力，而是退休賽。這幾年喬的新聞變得很少，兩年前右腳十字韌帶再度受傷後，逐漸無法穩定待在大聯盟。多半在小聯盟3A出賽，球團顧及他做為球隊的精神象徵，即使在3A投得不如預期，仍不更動他的層級。也許父親已經掙扎了很久，蓋倫心想。蓋倫平靜地聽著簡報，沒有任何情緒起伏，對他來說，這只是工作的一部分。

小熊隊主場開幕戰一早，九點鐘蓋倫已經在球場裡準備今晚比賽所需的一切。前一個禮拜他每天都待到很晚，除了要整理球場，場內球員熱身的器材也需要檢查和保養，最後總算趕在開幕前完成了。

他開著工具車整理草皮，以順紋、逆紋方式在草皮上輾壓出深綠與淺綠的格子紋。外野全壘打牆上的常春藤是瑞格利球場的特色，他盡量讓它們長得整齊一點。幾位工作人員在外野的草皮上拉線，以水性漆噴灑出界外線，內野則要等到球員練習完之後才能畫上白線。其他人忙著將壘包漆上白色水性漆，剛漆完的壘包擺在休息區前的草皮上，像是山丘上的白雪，反射著陽光。

蓋倫把整理內野紅土的工具車開出來，整平內野手防守的紅土區域。當他轉彎面向一壘休息區時，看見一個身影往外野方向走去。一直以來，提早到球場熱身是喬的慣例，即使是晚上的比賽，即使他根本不會上場，他也照樣會在一早到球場，做些重量訓練或是放鬆治療。蓋倫打算整平內野的紅土後就回休息區，他還沒準備好跟父親見面。

正要走進休息區時，不遠處傳來一個聲音。

「嘿，年輕人。」

蓋倫沒回應，繼續往休息區走去。

「嘿，等等，可以幫個忙嗎？」

這下不得不停下腳步，他摘下墨鏡，轉頭看向父親。

「嘿。」父親在蓋倫面前兩公尺處，緩緩靠近蓋倫。

「嗨，教授，你好嗎？」

「沒想到會在這裡遇到你，蓋倫。」

「是。怎麼了？」

「你看看那邊。」父親指向內野的草皮區，是蓋倫最後收尾停下來的地方，輾壓的方向錯誤了，導致草皮的紋路不對稱。

「噢，抱歉，我等等處理。」

「你還是老樣子。」父親微笑搖頭。「幫我整理一下牛棚的投手丘，我等等要在那邊練習，大概……十五分鐘之後。」

「好，給我一點時間，教授。」

「快點，別讓我等太久。」

眼前的人蓋倫有些陌生，似乎比印象中胖了一點，他算一算父親今年即將滿四十四歲，對棒球員而言，差不多是該離開球場的年紀了。

蓋倫拿著耙子和有長柄的鐵板到牛棚，他先將投手丘表面整平，再用鐵板把投手丘壓緊實，投手踩下去才會穩固。暌違多年，父親即將站在他面前投球，他感到不太真實。

「嘿，這裡再幫我弄平一點。」

「……」

「這裡的土再刮掉一點。」

「……」

「噢，拜託，這裡沒辦法再來點黏土嗎？搞什麼鬼！都快踩不穩了。」

蓋倫聽在耳裡感覺煩躁。

「可以請你安靜點嗎？教授。」

「你是在命令我嗎？」

「我會做，我只是要你閉上嘴。」

「你到底怎麼進來的？」

「去你的，閉嘴！」

「我是大聯盟選手，你這個二流的場務！要是又害我受傷，我一定讓你滾蛋。」

「你就算不受傷也要離開這裡了，過氣選手！他們會踢你的屁股，跟你說我們不需要你了。」

捕手注意到氣氛變得火爆，過來把兩人拉開。蓋倫將場地整理完後把工具留在原地，叫另一個同事過去牛棚，他再也不想待在那裡。

「那個老頭脾氣很像牛，幫我一下，下班請你喝一杯。」

蓋倫更加肯定自己現在很討厭他，他氣沖沖走進辦公室，試著讓自己冷靜下來。

沒多久同事走進辦公室，看來是練習結束了。

「他人很好啊。」

「胡扯？你沒聽見我跟他吵架嗎？」

「他是個好人，你們發生什麼事了？」

「呃……這個故事很長，總之就是我們吵過架。」

「你認識他？」

「是。」

「多久了？」

「好多年了。」

「好吧，他今天投完就要退休了，你們不會再遇到。」

「你說的對。」

不知道為什麼，蓋倫突然有種弄丟很重要的東西找不回來的感覺。

蓋倫經過球員更衣室，這個時間點還太早沒人會來。他想起小時候某次大聯盟家庭日，曾到更衣室裡跟其他球員的小孩一起玩耍。那時如果在主場比賽，父親偶爾會在賽後帶哥哥和他到球員更衣室裡待著，等父親梳洗完再一起回家。他曾問父親為什麼旁邊置物櫃上的名牌跟上次看到的不一樣，父親解釋，要待在這間更衣室裡並不容易。這是父親的名牌最後一次出現在更衣室的櫃子上了，他下意識走近父親的置物櫃，看見櫃裡掛著球衣，擺著手套和釘鞋，上層擺滿保健品和藥品。以前父親的隊友櫃子上也是瓶瓶罐罐。

他拿起那些瓶罐，看看父親都吃些什麼。

「B群、葉黃素、精胺酸、螯合鋅……」

蓋倫喃喃自語地翻看，突然注意到櫃子深處另有一瓶精胺酸，以為是備品，卻開過了，打開一看裡面的錠劑也長得不一樣。他直覺不對勁，隨手將這瓶藏進外套的內襯口袋裡。蓋倫走出更衣室，在門口遇到已經換上一身西裝，準備去記者會的父親。父親經過蓋倫時沒有停下來，只丟下一句話：

「這裡是屬於球員的地方，二流場務。」

蓋倫不回應，看著父親走遠。

父親穿著西裝的樣子出現在電視螢幕上。

謝謝大家來參加記者會，今天這場比賽是小熊隊本季的第一場，也是我職業生涯最後一次出賽。感謝上帝讓我能夠在這裡退休，二十年生涯都在芝加哥，以後我也不會離開芝加哥。

記者提問：「什麼時候覺得自己該退休了呢？」

呃……其實是在我傷後重回球場的第一年，大概是在某次客場比賽。那天我起得很早，一直以來，早起到球場是我的習慣，去做些治療什麼的。我在飯店裡簡單吃了早餐後隨意晃晃，看到一些人優閒地躺在泳池邊享受陽光，我也坐下來，在飯店內的沙發上隔著一道玻璃享受日光。然後我看看手銶，嘿，該去球場了，但我卻還想待在這裡。當這種念頭出現時，就差不多該退休了。你知道，有好長一段時間我總是要小心避免受傷，但是帶小孩去沙灘時，我真想和那些年輕女孩打打沙灘排球（哈哈哈哈哈）。

記者提問：「有沒有想再說些什麼呢？」

呃……感謝我的家人，我妻子、還有我的兩個兒子。我也會想念我的隊友，現在這些小夥子很棒。

喬停頓，摸摸自己的鼻頭和雙眼，聲音有點啞。

我會好好準備，雖然只投一局，但我會盡全力，期待晚上和大家見面。等等，我好像又不期待了（哈哈哈哈）。嗯，我很開心在這裡待了二十年，也在退休前完成了許多事，這裡有最棒的球場、最棒的隊友，還有全世界最棒的球迷。謝謝大家。

蓋倫打了電話給母親，母親告訴他，今晚會跟艾倫一起見證喬的退休。

到小熊隊工作的第一場比賽就是父親的最後一場。蓋倫掛掉電話後起身前往球場，有好多事要做，場地的標誌、壘包、草皮上的標誌都會和平常不同。喬一直是小熊隊的主力投手，或許說得上是傳奇。從拿下新人王開始，連續五年都在球季拿下十勝以上的成績，還投過無安打比賽。要說有遺憾，就只差一座世界大賽冠軍。

蓋倫看完記者會，胸口像是被棉被塞住，他見過父親最厲害的時候，在他們還很親密的歲月裡。其實他渴望回到以前，只是找不出辦法。他希望自己能得到父親關注，希望聽到父親告訴他，他不用打棒球，做點別的事，他也一樣會非常、非常地愛他。

蓋倫回到球場，其他人已經將壘包插進基座，蓋倫和一部分工作人員整理投手丘，另一些人則去整理打擊區和牛棚。

蓋倫仔細挖掉投手丘表層的黏土，再補上一層新的黏土，在新的黏土上澆水，鋪完之後用鐵板將黏土壓實，黏土乾了就可以鋪上新的陶瓷土。他趴在地上用刮刀將凸起的黏土刮掉、整平。蓋倫認為好的投手丘能讓投手安全地投完比賽，只要沒有下雨，這會是最棒的投手丘。由於是重要的開幕戰，必須鋪上兩種顏色的陶瓷土：投手投球會踩到的部分鋪上淺色陶瓷土，其他鋪上深紅色。最後，蓋倫在投手丘後方用白色水性漆和陶瓷土繪出以喬的背號所設計的專屬標誌，圖案上有喬投球的剪影。他想起小時候用蠟筆畫父親的投球姿勢，蓋倫記得父親收到畫時，笑著用右手捏了捏他的臉。

同事提醒蓋倫注意時間，他才意識到球員們已經快要進場練習了。有些人開始拿耙子把內野紅土鋪平，蓋倫則繼續趴在投手丘上，用刷子將剛才撒上的陶瓷土修飾整齊。這是父親的重要比賽，他心裡想。

球員練習時，蓋倫到醫務室找隊醫。他想問醫生是否知道父親一直以來的傷勢，以及他服用止痛藥的時間到底有多長。

「嗨，醫生。」

「嗨，蓋倫，有什麼需要幫忙的嗎？」

「我想問，球隊有規定止痛藥的量嗎？」

「我都視情況來決定，發生什麼事了？」

「教授每次都吃多少？」

「你幹嘛問這個？」

「啊……其實，教授是我父親，我……」

蓋倫拿出那罐神祕的藥，隊醫打開倒出藥錠。

「噢，我的天，他從哪裡拿來的？」

「我不知道。」

「難怪用這種罐子裝啊，他騙我。這種藥過去能吃，後來因為驗出含有增強物質而被禁止。你知道的，那年他補位一壘時弄傷了右腳的十字韌帶，一直需要靠藥物控制，我明明有給他符合規定的止痛藥……。」

「那我該怎麼辦？這罐我還是放回去好了，醫生，我怕他會發現少一罐。」

「但孩子，不能給他吃，你知道的……」

醫生做出講悄悄話的手勢。

「他有可能會打開名人堂的門，你不會想看他失足吧？像索沙、馬奎爾、拉米瑞茲那樣……」

「我知道了。那……醫生可以當作我沒來過嗎？」

「嗯，只有我和上帝知道。去吧，孩子。」

蓋倫到廁所小便，思考應該在哪個時機跟父親把話說開。他洗手時，有人沖水、開門走出來，蓋倫從鏡子裡看見父親。

「嘿，蓋倫，場地準備好了沒？別搞砸我的最後一場。」

「爸。」

喬關上水龍頭，有點訝異。

「你以前會這樣叫我嗎？」喬看著蓋倫。

「可以談談嗎？就我們兩個。」

「現在？」

「對，只要五分鐘，在我辦公室。」

蓋倫將門反鎖，拉張椅子給喬，他自己則站在桌子邊。

「請坐。」

「什麼事？」

「爸，我找到這個。」

蓋倫拿出藥罐子。

「去你的，你偷翻我的東西！」

「這不能使用，你知道，對吧？隊醫給你的藥呢？」

「他給的東西一點用也沒有，全沖進馬桶了。快還給我，我今天就要退休了，不要讓我難堪。」

「不、不，冷靜，爸，我很榮幸能參與你的退休，但你知道這是禁止的。」

喬沉默，眼睛看著地板，低聲說：

「我想自己走下場……我不想被人搭著肩膀扶出去。」
「我知道這對你來說很難，但是這罐藥我不能還給你。」
「為什麼？」
「不要問我為什麼，你很清楚，你已經是在名人堂門口的人。」
「不可能，你不知道這幾年我是怎麼過的，我的成績早就沒辦法進名人堂，沒人會在乎一個過去時代的球員。」
「我在乎，爸。」
父子倆對視，或許維持了幾秒鐘。
「別再說了，快給我吧，一、兩顆也好。」
蓋倫低頭，默不作聲地看著父親的鞋子。
「兩顆。」
蓋倫從鼻子輕嘆一口氣，心裡已經投降。
「好，兩顆，不能再多。」
蓋倫倒了一杯水給喬，喬吞下兩顆藥後起身。

「我該去準備了。」

喬轉身，準備開門。

「剩下的我會幫你處理……在我心裡，你一直都是……小熊隊的英雄。」

比賽終於開始，喬在滿場掌聲中現身，伴隨著中外野大螢幕的出場畫面，現場播報員透過麥克風說：「先發投手，50號，喬，強森。」蓋倫看著父親跑步上投手丘，整理前腳踩踏的位置，再抹上一些止滑粉，開始投球。如果一個投手一局內的投球數最多是二十顆，那從現在開始每一顆都很珍貴，以後再也看不到了。在喬練投五顆球之後響起熱烈的掌聲。

不再擁有以前的驚人球速，不再擁有投完九局的體力，但喬在投手丘上的身影還是像巨人，撐起小熊隊也撐起所有球迷愛棒球的心。觀眾拿起手機錄影，有些人邊哭邊看喬投球。隨著好球數一一出現，第一位打者將喬投出的滑球打到右外野手上空，接殺出局。

第二位打者上場前脫下頭盔，向喬表達敬意。第一顆球進壘是個正中好球，但打者沒有出棒，大家響起熱烈的掌聲，給打者，也給喬。接著，打者將第二顆球打成左外野的界外球，計分板上顯示這顆球只有八十五英哩，打者揮棒過早了。兩好球之後，喬投了一顆內角直球，打者打得強勁，眼看要穿出內野時，游擊手一個俯身接球，跳起，在空中大轉身傳向一壘，裁判比出右拳，這是一次漂亮的守備。場內又響起巨大的掌聲，給游擊手最高的肯定，這球大概要入選本週好球之一了。

蓋倫意識到掌聲沒有停止，這可能是父親面對的最後一位打者了。蓋倫發現父親似乎在大力呼吸，或許是在壓抑自己的情緒。確認過暗號後，喬投出一顆直球，九十二英哩，是目前最快的球速，打者錯過了它沒有出棒，掌聲在球場裡環繞。接著喬投出的第二顆球飛向打者的內側，是顆伸卡球，打者受到擠壓打出三壘手正面的滾地球。喬看見三壘手接到後傳向一壘，打者出局，這一局結束了。此時內野手全都圍繞在喬身邊，跟喬說話、握手，拍肩，隨後這群人跑下場，喬最後一個離開，他像貓一樣趴在投手丘上親吻投手板，拍拍投手丘，像在跟兄弟告別。他緩步走向休息區，脱帽向四面八方的球迷敬禮、揮手。隊友們站在休息區外迎接他，總教練給他一個大大的擁抱。他今天的任務結束了，他的生涯結束了，但掌聲還持續著。

喬走下休息區的階梯，刻意走到蓋倫的面前，他擁抱蓋倫，在他耳邊說：「這個投手丘是我生涯中用過最好的，謝謝你，我的男孩。」喬摸摸蓋倫的頭、拍拍他的背，隨後往隊友的方向走去。

蓋倫的眼眶充滿淚水，中外野的大螢幕上出現母親和哥哥，他們同樣流著眼淚。蓋倫突然覺得自己是幸運的。他想起那罐藥還在辦公室裡，他轉身往辦公室走，思考著要拿去哪裡丟掉，也想著要給母親打電話，告訴她明天之後，他會問父親要不要一起回家。

白頭鷹

大家只會看見吉祥物可愛的動作，不會看見真正的他。
而且重新踏進棒球場，也許是他可以懲罰自己的方式，他這樣想。

今天是屬於爸的日子，我決定踏進隨便哪一座球場，假裝跟爸一起看一場球。

上午的陽光讓整座球場的草皮像撒滿彈珠一樣，邁阿密的陽光似乎冬天也不休息。我從三壘側邊被推開的小門走上看台區，在靠近三壘接近外野的座位坐下，以前總是和爸坐在這裡等界外球飛來。裁判們走出來後，原本站在壘線旁的兩隊球員，目光瞬間轉向裁判們，兩隊教練互相握手，穿著綠色衣服的球隊率先跑上球場。我轉頭看場邊的觀眾，大多穿著綠色衣服，看來綠色球衣是這裡的主人。其他少數人包括我自己，像是《海底總動員》裡穿梭在海葵、海草間的多莉和尼莫。

球場上眼神發光、身材壯碩的球員們，臉上乾乾淨淨，連鬍渣都沒有。衣服上的英文字應該是某兩間大學球隊吧，無所謂，我只是想看場比賽。兩隊的投手接連讓打者打出不營養的球，好像誰先讓打者擊出安打上壘，誰就會為比賽帶來一片烏雲。第五局開始，對手終於打出安打上二壘，地主球隊的游擊手和投手像有心電感應，在我眨眼時投手突然轉身，朝二壘方向丟，游擊手像幽靈無聲無息地出現在跑者後方接住球，用手套觸碰跑者後舉起手套看著裁判。大家都在等待時，裁判舉出右拳。不過，地主隊進攻時似乎抓不到擊球點，頻頻打出飛不到外野的飛球。第五局結束，兩邊還是沒能在計分板掛上零以外的數字。

第六局下半，輪到地主隊攻擊，一名右打者在二壘有人時打出右外野方向的安打，當二壘跑者跑回本壘時，大部分球迷都起立鼓掌吶喊。哥在世界盃青棒賽對日本隊打出安打的時候，我和爸也是這麼激動地叫喊著。

這個時候，我遠遠看見靠近本壘後方的看台區有騷動，人群圍繞某個中心點，像是行星繞著太陽一樣。我從夾縫間看到一頂綠色帽子，牠的頭因為白色蓬蓬的毛顯得巨大，金黃色的鳥喙嘴角微微上揚，牠揮舞著翅膀像在跳舞。比賽間，牠會在看台上走動，有時拍動翅膀，人群便跟著吹口哨或是鼓掌；有時拍動翅膀，人群會像海浪一樣上下起伏，一直蔓延到我這邊。第一次我沒有站起來，牠似乎發現我，對我歪著頭看了一眼。過沒多久又一道海浪襲來，這次我跟著站起來了，也瞥見牠用翅膀對著我鼓掌。這一切以前和爸也在球場上玩過。在換局之間，這隻穿著綠色衣服的白頭鷹開始往我所在的方向走來，周遭的球迷們紛紛前去找牠拍照。似乎被發現我是一個人，開始有人問我能否幫忙拍照。我從手機螢幕看見白頭鷹站在中間高舉雙翅，小弟弟和小妹妹站在白頭鷹前，爸媽各站一邊，各自將一隻手搭在兒子與女兒的肩膀上。這陽光真好。

正當我要坐回座位時，白頭鷹向我招招手，大概是問我要不要也拍張照吧，剛才拍完照的媽媽主動拿出手機。我站到白頭鷹身旁時，從某個角度瞄到老鷹頭和身體的縫隙中藏著一個人的身體。我突然有點尷尬，像是窺見了一個祕密。牠將一隻翅膀放在我頭上，我忍不住笑了，同時聞到一股熟悉的氣味，像是牠偷偷把花生醬抹在我頭上。那氣味沒有隨著白頭鷹離開而消失，反而漸漸飄進我的腦袋裡，以至於比賽結束後還能感覺得到。

窗外走過的人群看起來都很開心，離開球場之後，我隨意走進一間咖啡廳，點了黑咖啡坐在一張小桌子邊。午後室外的光線對比咖啡廳裡昏黃的燈光，彷彿要召喚某些往事。

我腦子裡出現爸的樣子，第一個畫面是他穿著紅色龍隊外套，戴著印有W字樣的鴨舌帽和金邊眼鏡，嘴裡還咬著一根香菸。我記得那張照片上的日期是一九九七年十月二十五日，那是龍隊擊敗鷹隊開啟三連霸的第一年，我剛滿三歲。

哥長大之後，爸終於有了一起看球的夥伴，兩人會不約而同地對一顆好球喊出「Strike !」，對一次突如其來的漂亮守備尖叫。因為哥喜歡，所以爸帶他去看兄弟象隊的比賽，送他去兄弟象隊舉辦的夏令營，但是他最討厭兄弟象了。

舊家裡有個櫃子專門放簽名球，去年冬天是爸離開的第二年，我跟哥回老家打掃房子。我把櫃子上的球和擺設都拿到地板上擦拭，午後陽光從窗戶透進來，我坐在地上每擦一顆球就順便用手機搜尋上面的簽名，不過有些完全看不出是什麼字，像是泰文又像是草寫的英文字母。這些簽名球就像是紀念碑群，保留著某些時期的爸，有些球上面還有摩擦過的痕跡，聽說是爸撿到的全壘打球。

我跟爸去過兩次棒球場，一次在我七歲，另一次是他過世之前。他過世前一年，龍隊終於又回到職棒舞台。一九九九年龍隊達成三連霸之後，隔一個月就宣布解散，媽說爸那幾天下班就拿著棒球跟手套到橋底下，用力對著水泥橋墩丟球，一個禮拜之後，那顆球變得破破爛爛的，他也不再進場看球了。二十二年後，我帶他去天母棒球場看比賽，那天龍隊的對手正好是中信兄弟隊，我指著中信兄弟隊的吉祥物跟爸說：「媽以前說你有一次看到它，還對它比中指，你還記得嗎？」他說不是這一隻，之後便靜靜地看比賽。這是他最後一次到現場看球。

腦中的畫面跳到和S度過的最後一個冬天。那時我們在日本，靠在窗戶前看著落雪，馬路上有慶祝聖誕節的人群。我問他明年我們要去哪裡度過夏天，他從背後抱著我說：「哪裡都好。」然而夏天還沒開始，他就在一趟登山途中失足，把自己送進了黑暗的山谷。從此冬天一到，我就想去很熱的地方，絕對不會看到雪的地方，避免一直想起S。

咖啡廳裡的音樂轉為熟悉的旋律，是S最愛的曲子，Caspian 的 Sycamore。第一次聽這首曲子的時候，我和S剛做愛完，現在想起來，只有在做愛時我才能感覺到S愛我。老闆像是偷看過我的回憶，接下來每首歌曲都是後搖滾曲風，後搖滾也是S愛的音樂。我滑看起手機裡的照片，一回到那些時刻，眼淚就像決堤一樣流了出來，怎麼也擦不完。

突然一個深沉的聲音用中文說：「妳需要幫忙嗎？」我嚇了一跳轉頭過去，一個男子戴著墨鏡坐在隔壁桌的位子上。

「錢包掉了嗎？還是遇到扒手？」

「不是。」我也用中文回答。

「那就好。」

「你怎麼知道我會講中文？」

他指了指我身上的衣服，轉過頭去不再看我，好像他想講的話已經都講完了。

「噢，對。」我忘記自己穿著哥送我的、臺灣職棒F隊的T恤。

來到這裡兩個多禮拜，沒有朋友，只有記憶一直跟著我。原本以為可以安慰我的熾熱陽光，卻像是嘈雜的噪音使我焦躁難耐。

「那個……」我闔上手機，吸了吸鼻子。「請問你有空嗎？」

男子轉過頭來，沒有任何表示，我看不見他的眼神是打算回答有還是沒有。

「可以聽我說話嗎？」我決定做一件我從沒做過的事。

男子端起面前的咖啡喝了一口，似乎不打算理我。也對，如果是我，大概會以為對方是瘋子。

「我叫小語，語言的語。你呢？」

男子看了我一眼，依然沒有開口。他的頭髮黑白相間，八字鬍修剪整齊，身上一件黑色 polo 衫、牛仔褲，看起來應該快五十歲。

我決定當作他答應了。

我在臺北念大學，畢業後搬去跟我男朋友住，他叫 S。森林系畢業的他一直都喜歡登山，但我不喜歡。他常常三、五天都在山上，有時候甚至回來個一天，隔天一早又不見人了。

咖啡廳裡人聲不少，男子的墨鏡很黑，我看不出他到底有沒有在聽。

他為了不吵醒我，經常直接睡在沙發上。沒多久我們開始為了這件事吵架，那時候我還不滿二十四歲，對很多事都很在意。他也是，覺得妥協就是委屈自己。

有一次吵得激烈，S突然出手打我，以前他只是摔東西，這次是用手掌在我的臉上留下痕跡。我又氣又怕，當天晚上就搭車回臺中，打算頭也不回地離開他。一路上我都在哭，快到家的時候我先去便利商店的廁所洗臉，想讓紅腫的眼睛看起來像剛睡醒。

但我爸一看見我就說：「伊共妳拍？」我不敢看他的眼睛，可是眼淚還是流了下來。隔天S傳了長長的簡訊來道歉，說他那天壓力太大、真的不是故意的，請我原諒他，他不想要我離開。我看完簡訊後所有的委屈都不見了，只想著他還是愛我的，於是過了兩天我又回去臺北。

要離家前，爸說：「若是閣一改，我袂予妳轉去。」那一天他在巷口抽菸，看著我離開。回到臺北的日子一開始很甜蜜，沒多久又感覺得到我跟S之間有個縫隙，而且愈來愈大，只是我們都假裝看不見，只是我不敢再躲回家。

我停了一下，喝一口咖啡。

男子的頭偏了一下，右手肘支在桌上，食指和中指靠在嘴邊，不知道是不是在等我說下去。

半年後的某一天，我趁他從南湖大山回來的那晚偷看他的手機。發現他和一位叫愛麗絲的女生常常一起爬山，有很多他們一起的照片和訊息。他們在同一個登山的群組裡，S參加的隊伍剛好都有她，而且他們明天還要去聖稜線。我摒住呼吸，把瀏覽紀錄刪除，讓一切回復到S睡前的模樣，拿著拖鞋默默回到房間，躲在棉被裡哭，哭累了昏昏睡著，醒來後想到了又摀著嘴哭。S平常出門前總會來跟我說：「我出門囉。」那天早上我沒有回應他，反而把門鎖起來，我實在無法看見他的臉。我在他去山上的五天裡，把東西全部裝好寄回家，離開租屋處時我回頭看了一眼，曾經跟S開心的事，當下我一件也想不起來。

「妳只是離開一個不愛妳的男人而已，有什麼好難過的。」男人終於開口。

因為當時我不知道，他再也不會回來了。

他剛過世的前兩年，我都有種他還在山上的錯覺，跟那個愛麗絲一起，今天在這座山，明天又到另一座山。我以為把滿滿的憤怒和不堪扔在臺北，我就會痊癒，但回到臺中的我沒有一分鐘不想起那些照片和訊息，什麼都沒辦法做。我變得很瘦，連出現在陽光下都沒有辦法。直到一天晚上聽到爸睡到一半痛醒在呻吟的聲音，我才注意到變瘦的不只是我。爸生病了。

原來他睡覺痛醒不是第一次了，還頻繁拉肚子、打嗝，在我的強迫下終於去醫院檢查，結果竟是大腸癌，末期。他切掉了一部分腸子，整個人虛弱地像隻老狗，還得繼續做檢查，看癌細胞是否擴散到別的地方。我每天幫他煮白飯或稀飯，盡量不添加太多調味。爸除了吃藥還需要化療，他進去化療時我會在外面等，但即使做了化療也不保證能找回健康。我經常在等他的時候掉眼淚，但會在他出來前擦乾淨臉上的痕跡，跟他說接下來一定會愈來愈好。我不知道是在騙他，還是騙我自己。

也是這時候，我在社群軟體上看到朋友悼念S的發文——他把自己留在神祕的黑色奇萊了。

我呆住了，怎麼會這樣?!已經是陌生人的我，已經失去聯繫S的家人朋友的理由，我的眼淚掉個不停，我一直擦一直擦，不能讓爸發現我在傷心。

爸的精神一天比一天虛弱，看到原本愛吃的東西也提不起勁。我只好陪他看他喜歡的棒球，看我哥在場上比賽。我哥沒有加入我爸討厭的中信兄弟隊，也來不及被他喜歡的龍隊挑中，而是去了藍色球衣的F隊。我爸總是靜靜地看，當哥打出安打的時候他就輕輕拍手，用很沙啞的聲音說：「拍了誠好。讚，讚。」聲音聽起來像是在笑。他只有看棒球時比較有活著的感覺，大多時候都沒什麼精神。

最後的時光裡，他幾乎看不完一場球賽就睡著了，我會撐起他、扶他回房間睡覺，整個過程比我想像的容易，眼前的他就像一條潮濕霉味的被子癱軟在我身上。我快要忘記他以前的氣味和健康的模樣了。等他沉沉睡著後，我才敢在房間裡壓低聲音地哭。原來靈魂是有重量的，人快死時都會變得這麼癱軟嗎？

他過世前，龍隊回到職棒聯盟，我推著輪椅，帶他進場看比賽，心裡知道可能再沒有機會了。看到一半他說：「感覺無仝款。」一個人什麼時候算死掉呢？大概跟我爸一樣，對喜愛的事物都快沒有反應的時候吧。

直到他過世前一天，我都陪他看球。他兩眼呆滯地看著電視裡的比賽，哥在第八局打出一支兩分打點逆轉二壘安打，像是打給爸看的一樣，但爸沒有發出聲音，也沒有拍手。

他過世那天，我在他身邊站了好久，反而沒有哭，只覺得這一切不像真的。直到告別式後送他去火化，道士要我們大聲喊：「快跑！火來了。」我張開口聲音卻啞了，眼淚才一口氣湧出來。

男子起身，到櫃臺點了一杯熱巧克力回來。

「喝這個吧，至少不是苦的，雖然天氣很熱。」

把自己藏在墨鏡裡的男人叫馬克，他是沒有辦法面對世界也沒有辦法再面對自己的人。

當醫生告訴他，M剛收下一個生命時，他們決定搬離原本的公寓。M因為各種噪音而睡不好，什麼滴水聲、車聲、喇叭聲都會困擾她。住在公寓，難免會有些雜音，起初他並不以為意，想說等到習慣就沒事了。但兩個月過去，他發現M愈來愈焦躁，好幾次他在半夜驚醒，看見M坐起來哭。一開始他都安慰她：「好，沒事了，我陪妳。」一次、兩次，次數多了連他自己都不信，但他不想面對心裡灰暗的念頭。

幸好阿公給了他一塊地，附近是竹林和稻田，對M和嬰兒來說非常安靜，於是他們決定蓋一間屬於自己的房子。蓋房子期間，M回娘家休養待產，他則繼續住在原本的公寓裡，每天下班去看看她之後再回家。週末他會開車載M去看房子的進度，那種牽著她的手一起看房子的感覺再也不會有了。之後牛牛出生，一個可愛的天蠍座女孩。

孩子出生後第四個月，房子總算可以入住了。所有家具、擺設、裝潢都照著他們的想法放在適合的地方，他和M非常高興，總算擁有了自己的家。

牛牛八歲那年，事情發生的前一晚，是他們的結婚紀念日，再過一個禮拜就是牛牛的生日。他們一起買食材，做了一頓特別的晚餐，搭配訂製的黑森林蛋糕和葡萄酒，一家人愉快地慶祝。搬到新家之後，M逐漸開心起來，牛牛也喜歡跟他到屋後的竹林找昆蟲、挖土，所有事都非常美好。那天晚上牛牛睡著後，他們還意猶未盡，繼續喝酒、聊天到很晚，彷彿回到熱戀期。

要是那天我不去打球，要是我早就買好新的電鍋。

隔天他起得很早，準備和隊友們去比賽。他替M和牛牛做了早餐，法式吐司和培根。臨出門前，他想起昨晚那鍋湯M說很好喝，於是將湯放進電鍋裡加熱、保溫。變冷的天氣裡醒來就有好喝的熱湯暖胃，M應該會心情好上一整天。

按下電鍋開關時，他想起M前幾天說想買個新電鍋。現在這個是從老家搬過來的，用了太久電線皮都磨損了。這件事不該忘記，今天打完球回來就去買吧。

當天他守備出色，接了不少球；輪到打擊時又是上壘、又是安打，為隊友開啟了不少攻勢。他的眼睛和思緒像藍到透明的天空一樣清晰，每顆想打的球都像是停格在面前，只需要他把棒子伸出去就能打到。絕棒的一場比賽，一切進展都順著他的心，他相信幸運會持續一整天。

開車回家的路上他一邊哼著歌，經過市中心時，他從右側車窗瞄到一間電器行，於是將車停在路邊，走進電器行後看到一個水藍色的電鍋，亮亮的，他想：就是它了。

快到家的路上，愉快的心情持續著，但一個轉彎後他看見左前方一陣濃煙正在擴散。「在燒稻草嗎？」他想。住在田邊，燒稻草是稀鬆平常的事。又看了幾眼後，他愈來愈覺得那不像是燒稻草的煙。車再轉個彎，他遠遠看見路邊站著很多人，紅色的消防車在人群間閃著燈。他想：不可能吧？那是他家。他快速把車停在路邊，衝往現場，黑色的濃煙在淡藍色的空中顯得相當突兀，好像從地底冒出來的巨大煙囪。

他抓著消防員問：人呢？裡面的人呢？消防員說小孩已經送往醫院。他問那大人呢？他太太呢？接著就看到消防員抬著擔架出來，擔架上躺著M。他追著M坐上救護車，一路上警鈴聲刺耳。他看著氧氣罩下的M，感覺自己全身癱軟，腦袋空白。M的手沒有反應，摸不到肌肉，皮膚像是剛烤熟的橘子。

原因就是電鍋。電線走火後，先燒到一旁的小窗簾，再延燒到昨晚的蛋糕盒，一把火就這樣在木造裝潢的房子裡燒個不停。M和牛牛似乎逃到一半被濃煙嗆傷而昏過去。房子沒了，家沒了，最後牛牛救活了，但M沒有。

孩子的外婆不讓他再接近孩子。他去了好幾次，門總是鎖著，即使他再怎麼按門鈴，即使他在門外站了一整個下午，也沒有人出來應門。

於是他離開了，不只離開家，離開小鎮，也離開臺灣。他不知道他還能面對誰，他連自己都不能面對。他飛到誰也不認識的美國，用最自苦的方式過著最粗糙的生活。

他偶然在網站上看到一份球隊吉祥物的工作。他已經變成一個笑不出來的人，不可能給人帶來歡笑，但大家只會看見吉祥物可愛的動作，不會看見真正的他。而且重新踏進棒球場，也許是他可以懲罰自己的方式，他這樣想。

吉祥物通常不是人，是一種動物、一種角色，像費城人隊的 Phanatic。不是人這點很重要，裡面的人透過它擺脫自己，像演戲一樣進入另一個身分。

他在大學的棒球隊和籃球隊裡當吉祥物，偶爾也會去小學，不當吉祥物的時候就在學校當工友。事業什麼的他已經不去想，只要能一天過一天，跟愈少人接觸愈好。

馬克透過墨鏡看著隔壁桌的女生，牛牛應該跟她差不多年紀了吧，她還在臺灣嗎？她的人生有比較順遂嗎？

故事說完了，眼淚仍然一陣一陣地注滿我的眼眶。我不時轉頭望向窗外，這個午後的我像是經歷了一場陣雨，終於快要放晴了。隔壁桌的男人依然支著右手，像在想些什麼，他以這樣的姿勢坐了很長時間。我的心情漸漸變淡，變得像沒有風吹過的湖面。咖啡廳裡有些角落開始被陽光照亮，像是稻田的淡黃色，稍縱即逝，很快又變回地板的淺灰色。我無神地看著光線變化，眼睛微微發痠，一瞬間像掉進夢裡，意識短暫地休息了一下，但也許只有幾秒鐘的時間而已。

我想起桌上的熱巧克力，想到該跟他說謝謝。他似乎沒有動過，像是睡著一樣。如果獨處是他的日常，那他今天的獨處時光被我的任性地鑿出了一個洞。我喝完最後一口巧克力，起身向他道別。

「那個……不好意思，謝謝你。」

他像突然醒來那樣，將右手從嘴邊移開，放在桌子上，左手插進口袋裡。我向他微微鞠躬，彎身的瞬間聞到一股似曾相識的氣味。

推開咖啡廳的門，車水馬龍的聲音瞬間灌進耳朵。我突然想到那是花生醬的香氣，想起上午那隻白頭鷹。

等待幻影

只要看到你們打棒球，我就知道我沒有把她忘了。
對我來說，痛苦和快樂，它們有時候是同一種東西。

阿猴掛掉電話後，我撥了第三通電話給小芬，留下語音訊息：「妳有妳爸的消息嗎？我都問過了，他真的不在附近，妳快回來吧。」之後我走到堤防上看著小時候打滾的球場，腦袋裡想著還需要打電話給誰，告訴他們現在聯絡不到老林。原本想給他個驚喜，這下老林的慶生會辦不成了。許多名字就像是傍晚飛在我頭頂的小蟲子，一直繞，一直繞著，沒停下來。他家門口的車不是他的，看來老林把房子賣了，至於人去了哪裡，問了爸媽、問了整條街，竟然沒人知道。「我在球場，你等等過來找我。」我剛在電話裡跟阿猴說。現在時間接近傍晚，我突然想起那個下午，我跟老林在一起時看到的事，那些確確實實的幻影。

從小我就住在國富街上。記憶中，每當老林放假回來，會遠遠地先聽到他的歌聲，當看見他穿著空軍制服出現在巷口時，我就會趕快通知阿弟，阿弟會迅速跑回家寫作業。只要被發現作業沒寫還在和我們玩，晚上就會聽見他捱揍時的哭喊聲。看起來不聽話的阿弟，最後還是長成了老林的樣子，十八歲又一個禮拜，他就坐車到新竹受訓，成為另一位在空中飛的軍人。

那時是冬天，幾個同一年生的小朋友聚在老林家一起過七歲生日。國富街就在棒球場旁邊，因此老林在生日會上提議，現在他退伍了，不如新的一年來組個棒球隊，放學後的時間他可以帶我們打棒球。爸媽們心想，老林可以幫他們顧小孩，又能讓小孩運動身體健康，紛紛舉雙手贊成。不管是不是真的喜歡棒球，全部的小孩都「必須」參加，於是國富街棒球隊正式成立。

理所當然老林成為我們的教練，也因為這樣他女兒小芬才會天天出現。小芬小時候長得好像港星朱茵，我們都懷疑老林不可能有小芬這樣的女兒。老林平常時候都面帶微笑，偶爾會拿一些糖果餅乾給我們。不過進到球場，只要我們練習時一直漏接或隨隨便便，他的脾氣和嗓門就會突然像一道雷打下來。接下來的練習只會變多不會變少，直到他看見我們好像快哭的時候，才想起我們其實只有七歲。

除非偶爾要去夜市幫忙，我幾乎都會在球場練習，一方面是可以看到小芬，另一方面是老林會帶來很多手套跟球。那時候我們用得起太陽牌手套就已經很不錯了，老林拿來的全是日本貨，我還記得那些手套的味道，像是融化的高級香草冰淇淋。

關於練習的記憶我有些已經想不太起來，但我記得禮拜五的打擊訓練和平常的守備練習。老林會在那天投球給我們打，他會把球裝進桶子裡，站上投手丘，投直球給我們打擊。只是他投出的每一顆直球都像是一隻松鼠，總會在我們出棒時逃竄。至於為什麼記得禮拜五，可能是因為我有打到他的球吧，他從來不會覺得我們是小孩就投出很慢的球。有時候他弟弟會來當捕手，變成小孩打大人的場面。「等我長大一定可以把老林的球打到美崙溪裡面去。」那時候每個小朋友都是這麼想的吧。

整條街的小孩總共有十二個，除了我們七歲的「同梯」以外，當然還有一些哥哥和弟弟。放學回家後，只要湊齊七個人，我們就會一起走路到棒球場。十分鐘的路程裡會經過一條巷口，巷口有個香腸攤，白煙從小貨車裡散發出來，我們有時候兩個人吃一支香腸，特別餓的時候會再買一份蔥油餅。

賣香腸的豬哥陳講話都是蒜味，像是身體裡有一堆剝好的蒜頭，他只要彩券中獎，隔天就會多送我們一支香腸或是幾瓶汽水。

小芬升上國中之後，我們就沒有看過老林帶她來球場，但有一天，她自己一個人從堤防上緩緩走來，一手吃著蔥油餅，另一隻手上還拿著一份。

「小芬姐姐一定是來看我的啦。」我跟旁邊的阿猴講，昨天小芬姐姐跑來我家借醬油。

「聽你咧放屁，小芬姐姐已經國中矣，才袂佮意你這款屁窐仔。」

「小芬姐姐欸，她怎麼會來？」阿倫湊過來找我們，導致胖子明這球從我們頭上飛過去。

「幹。」我看著小芬姐姐望去阿傑的方向。休息時間，阿傑走向堤防，搶走小芬手中那份蔥油餅，小芬卻還是對他溫柔地笑。

阿傑是我們之中年紀最大的，國三的他那年就要考高中，沒人覺得阿傑會考上什麼好學校。有時候放學時間我走回家，會看到他和一群人在巷口的榕樹下抽一盒買來的黃長壽菸。當時的我覺得小芬不會喜歡他，絕對不會。

他抽菸打架我都沒有告訴老林，或許是不想讓小芬關心他，我想。

我其實滿喜歡跟阿傑傳接球，因為他總是能把球傳到我的胸前。每一球從他手中投出之前，他總是盯著我的手套，不會因為我年紀小就亂丟給我。或許老林很希望阿傑是他的兒子吧，講到阿傑他總是雙手插腰，不斷點頭。直到放榜那天，我們才知道阿傑竟然考上花蓮高中，整條街上的人都為他放鞭炮。看著小芬的表情，我的心像被死死地掐住，幾乎不能呼吸。當晚老林從家裡拿出一只手套，那是橘色、棋盤格設計的內野手手套，那手套從我眼前移動到阿傑手上。我發誓自己也要拿到老林送的手套，也要小芬那樣看著我。

「你還是要繼續當我們的游擊手喔。」老林笑著對阿傑說。

後來老林找到飯店主管的工作，常常會把沒吃完的食物打包來球場，給我們練球完補充熱量。有時練到路燈亮起微弱的光，我們就坐在堤防上吃袋子裡的炸雞塊。老林帶回來的炸雞塊不管冷掉多久，仍然是鮮豔的橘黃色。升上五年級後，一年內突然長高十公分的我覺得自己更有力量了，跟阿猴他們有點不一樣。阿傑拿到新手套後就不太來練習，我開始站他以前的位置，打他以前的棒次。

為了想得到稱讚，放學時我都用跑的回家，再一個人跑到球場。我早就忘記要等大家這件事。只有我一個小孩會提早到球場，而老林永遠像是很久之前就已經在這裡，正拿著水桶跟鐮刀清理球場上的雜草。老林說球場如果內野長滿了草，就沒有人會來打球，所以老林幾乎天天都去除草。即使草沒有很明顯地變長，老林還是會在球場裡走來走去。我們問老林什麼時候開始打棒球的，他說小時候都在牧牛，打球比牧牛有趣多了。

他在臺灣出生長大，父親是湖南人，但是他沒有學到父親的口音。他的父親是戰後隨著軍隊一起來到臺灣，老林說他父親只在意考卷上的數字，所以放假他只要逮到機會就去牧牛，或許跟牛講話比跟父親說話容易。老林開始打球是升上四年級的那個學期，小學開始要組織球隊，他心想加入球隊之後，除了吃飯、睡覺的時間以外都可以待在球場，於是他報名測驗，結果還真的通過。他父親每天都在門口拿著藤條等他回來，他母親知道後就每天都到球場看練習，結束後再帶老林回家。他希望老林認真念書，當個醫生或老師之類的，直到被太太說服才不再勉強老林，但也不去球場看老林打球。老林的母親非常喜歡看他打球，每天練球的時候她都會在球場的三壘側。她是鳳林的客家人，聽說老林的外公在日治時期也打過棒球，只是他再也聽不到媽媽對他說外公的故事。

「我跟我爸爸沒什麼話好說，他也看不懂棒球，唯一能說話的對象就只有我媽。」

這樣的日子持續到老林要畢業那年，那一年他很努力地練習，也在選拔賽中表現優異，因而入選少棒代表隊，準備在八月前往美國打威廉波特。因為當上國手，他開始對未來有了想像，他想一直打棒球，直到不能打時再當個教練什麼的。出發那天，老林的母親為了趕在老林出發之前買些東西給他，一大早就去市場。回家經過路口時被一輛小貨車撞上，在一股酒氣和碰撞、煞車聲中失去生命，她手上的籃子滾落路邊，裡面還有老林最喜歡吃的早餐，燒餅夾蛋。當天老林還是坐車離開花蓮，他告訴自己還有比賽要打，眼淚卻不聽話地流個不停。

他告訴我那時候感覺很像在等一班不會來的公車。當他上場，數著來球的彈跳，可以讓他暫時忘記媽媽，可是比賽結束時又會想起來，只能用手摸著球褲上媽媽縫的補丁。他的父親在喪禮之後變了一個人，每當老林練習完回家，兩個人吃飯時總是一句話都沒有，像陌生人併桌吃飯。菜色也從滷肉飯、番茄炒蛋、蘿蔔湯，變成每一道都有點辣的口味，老林為此還肚子痛了幾天。那年爭取遠東區代表權的比賽輸給了日本，無緣前往威廉波特，老林唯一一次當選國手的經驗也結束了。

老林說回到學校練習時，還是會習慣轉頭看向三壘側，媽媽總是靠在一棵榕樹旁默默地拍手，眼中發出像是星光一般的東西。國中畢業前有學校邀請老林繼續打球，但老林選擇和他父親走一樣的路，考上空軍官校。進去之後加入了部隊的棒球隊，原以為不會再繼續打球的日子又重新開始。

老林的身材算是不起眼的選手，但每次示範守備動作時卻能像磁鐵般吸住我們的視線。我喜歡他雙腳移動時的腳步，就像在紅土上溜冰一樣。老林第一次看見我的時候就打算把我訓練成一位游擊手，成為阿傑的接班人。我問老林為什麼又開始打棒球，他說母親即使不在了，也一定希望他可以快樂地做自己喜歡的事。

「老爹，你為什麼愛棒球？」

「喜歡一件事需要理由嗎？」老林問我。

「好像不需要。」

就像我當時喜歡小芬一樣，也沒有什麼理由。

老林說自己除了部隊的訓練以外，就是在運動場和大家一起練球。「以前打棒球是為了要贏，在軍中那段日子卻是為了紓解每天操練的壓力。比起以往，我覺得軍中那段日子更令我感覺到快樂打球的意義。」

老林開始教我們打棒球的時候，第一句話就是要我們快樂地打棒球，不能在場上互相責備，到現在我都記得他說的話：

「贏球是個結果，但不能成為我們的目標，一旦只是為了贏球，那你們就不會快樂了。」

其他人還沒來球場前，我會一邊熱身一邊望著堤防的方向，總是期待那個身影走來。有段時間小芬只要來看阿傑，阿傑就會表現得很好，就像是為了小芬打球一樣。好吧，我承認自己也想為了小芬努力，所以別人跑五趟的衝刺我就跑十趟，當我很累很喘時想起她，我的心就會像被一隻橘貓磨蹭那樣溫柔。我開始對老林打開心房，應該是爸媽開始在三個夜市擺攤的時候。爸媽在夜市忙到很晚的那幾天，老林會帶我到他家吃飯。老林的太太講話總是讓人像泡在溫泉裡，晚餐吃飽後還會讓我打包一些帶回家，我想小芬的個性一定跟媽媽比較像。有時老林會一時興起，吃飽飯後抓著我「特別訓練」，他做了一面打擊的網子，要我打完一百顆才能回家。小芬有時候會在旁邊看我練習，所以我從來不喊累。

在還沒有國富街棒球隊的時候，我會在我家外面的牆壁上用紅色粉筆畫一個框，然後拿著書局買的軟球對著框框一直投，一直投。球會反彈回來，然後我移動腳步，看著球彈跳，一、二、三，球靠近身體時再壓低上半身，等著球停在我的手套裡。

我一直都很喜歡守備練習，現在也是。老林是我遇過打守備練習最厲害的教練，他會讓我跑得很喘，又不會讓我接不到，幾乎每一顆球我都必須要伸長手臂去接，有時候甚至還要撲下去，不顧一切地撲下去接球，然後起身傳向一壘，此時一壘手的手套會發出撞擊聲，對我來說那才是比賽開始的聲音。當時的我覺得盡力而為就是不夠盡力，只有努力超出自己的極限才算是努力。

現在我不會這麼想了，有些事好像努力再多也沒什麼用。

有天老林對著我說：「你現在的動作有像吳復連喔。」我沒有看過吳復連打球，但我知道自己不一樣了。

練習前我都會先閉上眼睛，感受風勢的強弱和方向，再踩一踩腳下的紅土，看是偏硬還是鬆軟，這些因素都會影響打出來的球。紅土很硬的時候，球就像從我腳邊跳出去的黑貓一樣，我會選擇在內外野的交界處接球，跟球保持點距離能讓我看得更仔細。如果紅土偏軟，我就要往前衝刺並彎下腰，時時注意那像是自由落體般的彈跳。風如果朝著左外野吹，我就得往線邊多跑幾步，球會因此多飛一段距離，劃出一道弧線。這些都是我接了幾百、幾千顆球後得到的經驗，老林說只有不斷練習才能成為一流的內野手，我一直這麼相信著。

以前我們會玩一個小遊戲，將球放在打擊座上，然後往後站十公尺投球，看誰可以先丟中。或許這也是我日後傳球都能傳到一壘手胸口的原因吧。能想像打擊座上的球必須要花多少球才能打到嗎？阿猴總是不能控制自己的食指和中指，球有時候偏左，有時偏右，籃子裡的球都快被他丟完還沒打中。雖然不想承認，但最厲害的是阿傑。我曾經在練習的時候拉住他的手，看他的手指跟我的有什麼不一樣，為什麼他可以在十球以內就把球擊落，而我要花上更多。他的手指細長，指甲的弧度像是用磨的而不是剪的，小芬的手牽起來是什麼感覺？我不自覺握得更用力，直到他把我的手甩開，輕輕地敲我的頭。

為了比阿傑厲害，我常常把打擊座帶著，就像是我養的小狗。練習打擊之餘，我就攏一顆球自己練習投準。長大後我還是常常帶著它，只是現在可以裝進大包包裡，不用再像小時候抱在胸口。這一年小學畢業典禮結束後，大家相互遠離的速度也愈來愈快。

我上了國中，就代表小芬和阿傑也走入另外一個世界，我開始拚命練習，直到睡前還在揮棒。我知道當初掐住我的東西是什麼了。每天我都會在洗澡前偷偷將豬哥陳給我的色情雜誌帶進浴室，有次趁著爸媽在客廳看電視的時候，那是我第一次自慰。我閉上眼，想著小芬，想到小芬開心的臉時，我卻停下了動作。我洗完手走出浴室，心裡先是一段空白，之後是滿滿的罪惡感，讓我有段時間看到小芬感覺都很複雜。有時候我會想，跟小芬在一起是什麼感覺？我們或許會走在堤防上一起回家，或許會聊一些小時候的事情，或是她會因為我分享的一個生活瑣事而看著我笑，但是每當想到我送她回家關上門的那一刻，我就再也想不出其他的畫面了。之後，阿傑跟小芬就像是連續兩顆往邊線飛去的界外球，無論再怎麼盯著那道弧線，我終究會停在圍牆裡面，看著它們落入長長的草叢裡。

我們幾乎都讀同一所國中，老林也開始對我們更嚴格地訓練，從守備的跑位到傳球的動線，幾乎天天在練這個。當我開始能猜中跑者心裡的企圖，我的守備能力便躍進一步，有人說這叫解讀比賽的能力。我開始在背對跑者時想像他們此刻會繼續跑往下個壘包還是停下來；接到外野手的回傳球後我能立刻轉身，朝著我判斷的方向丟去，好幾次都成功了，我很訝異自己就像有讀心術一樣。不過也有沒那麼順利的時候，有一次，我暗自以為跑者會多跑一個壘包，於是接到外野手的回傳球後，毫不猶豫地轉身傳向本壘，根本沒注意到後位的跑者已經停在往二壘的半途觀察我。事實上，前位跑者到三壘就停下來了，後位跑者看我沒有注意到他，就往二壘挺進，捕手接到球已經來不及再傳二壘。因為我的判斷發生了守備瑕疵，老林對我那次的傳球露出一個不明所以的微笑。

而且這項「讀心」的技能只在球場裡有用，走出球場的我，連小芬的眼神都看不懂。

有段時間幾乎每個禮拜都會跟別的國中比賽，像是H國中或是更遠的S國中。升上二年級那年，我們想看看一年之內能拿幾場勝利。

「喂，阿猴你有沒有帶記分板？我昨天叫你要帶啊。」

「啊，幹，我現在回家拿。」每次看著阿猴忘記東西我真的都想踹他一腳。雖然阿猴常常忘東忘西，但他在場上可是會發揮他猴子的本領，出現的位置和時機總是令人意外，好像他永遠能知道球會打到哪裡。如果要說球隊最厲害的中外野手，那一定是阿猴，他在球場上很靈活，撲來撲去，他也真的長得很像一隻猴子。

就在我們開始用新陣容比賽的時候，阿傑回來了，直到現在我都沒忘記當時的情景。

老林竟然讓沒練球的阿傑取代我的位置，他說這場比賽先讓阿傑找一下感覺，等等就會把他換下去。移防二壘的我看著阿傑，在他離開的日子裡，隊上的游擊手一直都是我。我不知道為什麼老林要把我放在這裡，我那時的心情就像一陣風吹過沒灑水的球場，揚起一陣風沙。「我今天絕對不要失誤。」我要讓阿傑知道不是他一回來就可以站那個位置，那是我的。於是我將精神貫注在每一顆球，我聽見阿傑叫我，但我的眼神始終看向打者。「在這個球場，我比你會的多多了。」我這麼想著。我看著阿傑正在追一顆壘包附近的球，眼看他就要接到，最後一刻卻收手，我在壘包後面撿到這顆球時，跑者已經上壘。

「你為什麼不撲下去？」

「那顆球離壘包太近了啦。」

「你要早一點跑到壘包前面接啊！」

「我覺得我會受傷。」

「這麼怕受傷你乾脆不要打棒球好了。」

阿傑站得直直地看著我，不知不覺我已經長得跟他一樣高了，此刻我只接受自己所認同的棒球，阿傑或許也是。老林看著我們，走過來讓阿傑下場，我又回到熟悉的地方。我知道小芬坐在休息區，我應該再也無法被她喜歡了吧。此刻一顆球飛過來，我晚了一拍才啟動腳步，那球就落在我跟阿猴中間。我轉頭看向休息區，阿傑正看著我竊笑搖頭，我瞇著眼，覺得太陽很大，心就像被曬紅的皮膚隱隱刺痛。我默默走回準備位置，接著下一球又打過來了。

那場比賽後，我沒有再跟阿傑一起打球。至於小芬呢，則是到老林受傷之後，我才又看見她。

在花蓮的棒球圈裡，老林可以說是大前輩，以至於我們的訓練器材與資源其實不比其他正規校隊差。唯一的差別就是老林並不算是合格的教練，過去在軍中的日子讓他無法有時間去進修教練課程，直到我們上高中後，他才有機會去考教練證。但在我心中，老林早已是個很厲害的教練了。

小芬要離家上大學，阿弟也要上國中了，老林的重心愈來愈不在家裡。那天送小芬去坐火車時，我們都跟著去了。我跟她說再見，她卻像冬天的風一樣經過我身邊，走進車廂。看著小芬消失在月台後，大夥一起走出車站，老林用右手摸摸左胸口的口袋，發現沒有東西，只好作罷，假裝不是想找菸。

記得那天下午他說：「走吧，我們去打球。」

現在他更把全副精神放在我們的訓練。我曾經問他為什麼假日不在家陪老婆小孩，要抓著我們到球場訓練。他總說沒關係，他太太不會說什麼，他說自己很幸運可以娶到這樣的女生。他太太是軍醫院的護士，老林因為某次被球打到眼睛送醫院，就這樣認識。

「我太太對我喜歡的事都是百分之百支持的，所以即使假日我跑出來帶你們練習，她也不會說什麼，你們放心。」

那陣子因為比賽的好表現，我開始被H高中注意到。國二那年，H高中的教練來找我，希望我以後可以到那裡打球。H高中棒球隊剛成立不久，需要很多選手，球隊的風氣看起來很有秩序跟紀律。我跟老林提過這件事，他沒有正面回應我，只希望我能繼續練習，還有很多東西還沒教我們，把底子打好才能往更高層級邁進。我沒跟他說的是，其實我已經決定要到H高中打球了。

有些人漸漸因為各種原因沒來球場，也有人沒說一聲就消失。奇怪的是，連平常回家的時間都遇不到彼此，明明我們都住在隔壁。我總會看到胖子明背著一把吉他回家，自此他就很少來球場了。他們開始對棒球沒有太多的熱情。我那時候不明白，甚至有些時候看到球場裡少少的人，當天練習我就會用力傳每一顆球，像是要把一壘手的手套打破。過了幾年之後我才懂得，他們不是我，而我也不是他們。

在老林的帶領下我覺得很自在，他在每個人身上付出不同的用心，會開給我們不同的個人訓練菜單。我們愈來愈有隊形，那些陸續離開的人也開始錯置在不同的時間裡。某次花蓮縣的盃賽，我第一次看見老林全家人都出現在球場旁，小芬也在，一些過去的隊友也坐在堤防上。那次我們狀況很好，一路打到國中組的冠軍戰。老林看起來比平常更開心，雖然前一天連打了兩場比賽，但打進冠軍戰的心情還是能讓人忘記手掌的破皮和雙腿的痠痛，可惜最後我們輸給了M國中。

大家哭成一團，我們都很清楚這是難過的，也是開心的眼淚，我們和老林抱在一起。我在大夥抱在一起哭時瞄了老林一眼，他露出微笑看著我們，拍著我們的頭說好棒，好棒。賽後H高中的教練跑來找老林，他說我跟阿猴到H高中後他會好好栽培我們，老林這才知道原來我們都已經決定好未來的路了。

國富街棒球隊在我們國三那年「暫時」解散了，畢業前老林邀請我們到他家吃飯，大家都沒有說出「以後放學還要打球嗎？」這樣的話，而是吃完飯就各自回家，彼此心裡都明白那是最後一次了。

畢業之後，我跟阿猴去H高中繼續打球，其餘的人都選擇放下球棒和手套，找尋另外的人生。

那天吃飯時老林說：「雖然很遺憾，但我也很開心你們都長大了。現在開始，你們的人生不是只有打棒球，但你們要用打棒球的態度去生活。」

「教練，那我們以後可以叫你老爹嗎？」

「好啊，不管你們去了哪裡，你們永遠都是我的孩子。」

大家都回家後，我偷偷問老林：「教練，棒球隊解散了嗎？」

他從櫃子後面拿出一支套著塑膠套的球棒，「這支球棒是我在臺北受訓時買的，一直沒機會用，你有機會的話幫我打看看。」

我記得那支黑色的球棒，當時表面仍然很光滑，看起來像是楓木，聞起來沒有特別的味道。當然球棒沒辦法放太久，開學後第二個禮拜我就把它打斷了。我把斷棒忘在球場，隔天回球場到處找了很久，一直找到天黑，最後坐在堤防上想，不見就不見了吧。

小芬上大學後，我告別了國富街棒球隊，但每天都還是都能看到老林。像是巷口的榕樹每天都長得一樣，日子並沒有改變。

加入H高中之後，阿猴和我每天下午都會跟著球隊做體能訓練，每天都在堤防上跑二十趟。陽光漸漸緩和下來後，溪邊的氣溫變得適合跑步。每天跑步的時候，都會看到老林在球場上除草。

「現在不是沒有球員了，為什麼他還要除草啊？」阿猴氣喘吁吁地問我。

「我怎麼知道啊。」

老林是太無聊才找事做嗎？還是他等等要跟朋友打球，所以先去除草？

現在還有誰會跟他一起打棒球呢？我們來回跑步，天色漸漸變成深藍色了，我還是沒看到其他人走入球場，場上依舊只有老林一個人。

「老爹！」我朝著他大叫。他向我揮揮手，直到我看不見他。

高二那年，好像是四月中吧，我沒有在球場上看見老林，那天練完球後我去敲老林家的門，沒有人回應，遇到出來散步的鄰居，才聽説他暫時不會回來。

老林在高雄的醫院靜養時，他的樣子就像死了一樣，直到看見我和阿猴出現在他的床旁邊，眼睛裡才透出一點光。我們都記得那天天氣晴朗。

事情發生的那天，老林載著他太太還有阿弟回高雄娘家，老林想完成他一直沒完成的事，就是考到正式的教練證，順便帶妻小回南部娘家休息幾天。沒想到車在高速公路上爆胎後撞上護欄，之後的事他就想不起來了。阿弟因為腦震盪住在醫院觀察幾天，老林則是多處骨折，脊椎還差點斷了。阿弟比較早出院，出院後發現找不到媽媽，他的臉上沒有表情，好像還在一陣暈眩裡，直到得知媽媽過世，他才喃喃地發出一點點聲音。在外婆和舅舅的照顧之下，四個月後阿弟先回到花蓮，但從那時起他就整天把自己關在家裡。老林則是過了六個月才在某個半夜悄悄地推開家門。

老林住院期間我去醫院看過他兩次，他總會問我球隊還好嗎？有沒有認真練習啊？

「有啦，我跟阿猴都有認真練習。」

「還習慣嗎？」

「滿累的，是剛好放假才能來看你。」

「大家都還好嗎？」

「很久沒聯絡了，明明大家都住在隔壁。」

「嗯嗯。回去再幫我多照顧阿弟，他現在住在爺爺奶奶家。」

「我們會的。還有啊，我好像看到阿傑回來了。」

「阿傑嗎？」

「嗯嗯。」

當年十一月初，我跟阿猴入選了縣代表隊，要去臺中打選拔賽。某天體能訓練時，我看到老林穿著厚大衣、撐著拐杖一跛一跛地走下堤防，走向球場，手裡拿著水桶，我猜裡面有一把鐮刀。老林不在的期間，草像是滿地四散的碎紙片長在內野的紅土上，有的還開了幾朵黃花。高三開始，我當上隊長了，我趁教練不注意時跑向老林。

「你怎麼不在家休息？這草不用除啦。」

「在家也是閒著，過這麼久草長成這樣。」

「你幹嘛一定要除草啦，又沒有人會來。」

「不行，草一定要除。你快去練習，不然要被教練發現了。」

我趕快跟上隊伍，不斷回頭看著他除草的身影，像是在撿拾沿途落在地上的東西。

老林回花蓮後，有一天小芬出現在巷口。我們一樣沒說話，不過感覺小芬變得有點不一樣，到底是哪裡不一樣我說不出來。看見小芬時，我發現自己的心已經不會劇烈跳動，我知道有什麼就此消失了。她回來看老林，離去時瞄了我一眼，眼神像是一顆破掉的棒球，沒有人縫補。那次之後，就沒有再看見小芬回來，或是我不知道她有沒有回來。

後來我問老林發生什麼事，他告訴我如果出發前有先檢查輪胎，說不定就不會這樣了。

我不知道能說什麼，小芬覺得老林為什麼可以研究棒球訓練直到半夜，卻沒辦法檢查一下輪胎。當天在窗外，即使門窗緊閉，我跟阿猴都能隱約聽見小芬破掉的聲音此起彼落。因為這樣，這趟去臺中比賽前我沒能去跟老林道別，過往我都會在出發前去找他說說話，得到他的回應就像一種祝福、一個永遠不會離我遠去的夥伴。

臺中的盃賽結束之後我回到花蓮，第一個去的地方就是球場。午後四點鐘，進入秋冬之後，天空暗得比較早，我走到堤防邊看見老林的身影，他轉頭看見了我，就放下工具走到堤防上。我們像以前一樣聊天，看著砂婆噹山的雲慢慢散開。

「老爹，傷好了嗎？」

「嗯，好得差不多了，已經可以不用拐杖。」

「這些日子你都自己一個人做嗎？」

「不然你有看到其他人嗎？」

「那你幹嘛還要來整理？」

「我會在這裡等一些人啊。」

「誰？」

「再晚一點才會來。」

「誰啊？」

「阿傑啊，還有其他人。」

「你在作夢喔，阿傑不是已經……」

我們陷入一陣沉默，幾個月前知道阿傑飆車出事的消息時，阿猴只是對我搖了搖頭。今天經過的車很少，雖然有一陣陣風吹來，所有聲音還是一清二楚。

「孩子，這幾天我除草到五、六點的時候啊，隱約覺得堤防上有人在看我，我轉過去看，那裡站了一個人，阿傑站在那裡。」

我看著老林，心想他是不是車禍傷到頭了。

「有些事發生之後，我們只能接受它。就像阿傑的離開、我太太的離開，但他們都會在某些時刻回到這裡。」

「他們每天都出現在球場？」

「嗯，第一次見到他之後，我每天就會來球場等。孩子，有些瞬間你知道他們在看你，前幾天是阿傑，我太太也有出現在椅子那裡。」

我突然想起跟阿傑吵架的那場比賽，如果我當時跟他好好相處，他是不是會晚一點才死？

「老爹，你為什麼愛棒球？」

「沒有為什麼啊，就像愛小芬和阿弟，還有愛你們是一樣的。」

「可是棒球讓你失去了你最愛的人，棒球讓你失去了很多重要的東西。」

「孩子，這不是同一件事。」

「這兩件事是有關係的。」

我講著講著，眼淚流出來，想起老師上課時說星球們此刻正在互相遠離。

我當時看著老師，想起比賽中阿傑轉身離去的背影，國中畢業前的最後一場球賽，還有在球場上用拐杖撐著身體，獨自除草的老林……

「孩子，我也曾經想要死。」我看著老林，死亡與他，我連結不起來，我記得他總是笑得很燦爛的樣子。

「但是我想到小芬、阿弟，還有你們。」老林將手臂搭在我的肩膀上。

「至少大家都健健康康地活著啊，我知道你們總有一天會回來這裡。」

老林看著我，眼裡有接近傍晚的暖色調，還有我的倒影。

「我相信你們、阿傑，還有我太太，總有一天都會回到我的身邊。」

「你是在騙你自己啊，你太太已經不在了。」

「在那裡啊。」老林指向外野的圍牆邊，老林說他太太的身影就在那裡，陽光平鋪在草地上，他說她剛剛站在那裡。

「你有沒有聽過 F-16 漸漸飛過上空的聲音？」

「嗯？」

「一開始聲音會從很遠、很小的地方震動，一直到它出現在我的頭頂，我就再也聽不見自己的聲音了。」

「什麼意思？」

「有次我很想念她，非常突然，沒有理由的。我像以前被老師罵的時候那樣，低頭看著自己破舊、沾滿紅土的鞋子，視線漸漸變得模糊。我開始哭出聲音，雙腳跪在地上，兩手撐地，不久我感覺有人朝我走來，我抬起頭，發現她正微笑地看著我。」老林停頓了一下，我朝著他看的方向看去，一個人也沒有。

「她應該是第一次看到我哭成這樣吧。我像是作夢一樣忘了自己在哪，只記得我用力抱著她，她一隻手摸著我的後腦勺，那力道溫柔得像是一陣一陣微風。」

「看到棒球就會想到她，這樣不是很痛苦嗎？」

「我無法忘記她，也不想忘記她。只要看到你們打棒球，我就知道我沒有把她忘了。對我來說，痛苦和快樂，它們有時候是同一種東西。」

老林說從那天開始，他只要想起他太太，就能感覺到她的存在。天空似乎不久前剛下過一場小雨，冬天的花蓮總是濕濕冷冷的，草皮上的水珠閃著光。記得那天我也看見了，我看見阿傑站在休息區的門邊，看著那個他曾經熟悉的地方。一陣風之後，他朝著紅土走去。

「你想去跟他說說話嗎？」老林看著我。

我起身往阿傑走去，但不知道能說些什麼。我想起過去的日子，阿猴、胖子明，所有人都站在自己的守備位置。豬哥陳的蒜頭味也飄到了這裡，我閉上眼睛可以聽見一群腳步聲和笑聲，像戰鬥機從遠方朝著我跟老林飛來。

最後我好像什麼也沒說。

我睜開眼睛，阿猴已經在我旁邊坐下，他氣喘吁吁地問我真的一點也沒有老爹的消息嗎？我說我能問的都問過了。

「啊你剛剛在幹嘛，怎麼看起來很痛苦？」

「沒什麼。」

「小芬還是沒打電話來嗎？」

「我想她不會回來了吧。」

和平時光

拿耀發現這段時間他已經習慣等待，
等待月亮被雲遮住，等待船靠岸，等待戰爭結束；
只有活下來才能再打野球。

「ina（媽媽），妳說等月亮睜開眼睛時，動物們才會跑出來，現在我正在等月亮閉上眼睛。」當炸彈聲消失在竹林後面，拿耀先探頭往外看，才緩緩爬出防空洞，眼前的景象和剛才是完全不同的世界。煙霧逐漸散去，隱隱約約可以看見一些影子晃動、升起、爬行，遠方的空地上有東西閃閃飄動，像是光從雲層裡放射出來。大家紛紛從洞裡爬出並找水桶提水，拿耀也摀住鼻子跟在眾人後面，他們像一群工蟻，前前後後地幫忙滅火。一〇二燃料廠的宿舍外表看起來沒有損傷，不過運動場上被炸出好幾個洞，看來明天大夥又得將地面恢復成平整的樣子了。

空襲剛結束，大夥犧牲午休時間開始整理環境，告一段落之後休息片刻，拿耀想起家鄉的花崗山和大海。他一直很喜歡父親跟他說過的「能高團」的故事，即使那些人大多變成像天上星辰那麼遙遠，在拿耀心中依然穩固而清晰。腦海中的花崗山上可以望見太平洋，隱約還能看見幾艘船在海上緩緩移動。只要花崗山還在，拿耀就覺得什麼事都會過去。

一九二五年，野球隊「能高團」前往日本巡迴賽之前，決定在花崗山球場和鐵路局員工們組織的球隊比賽一場。父親跟著村裡的人一起在場邊喊加油，拿耀永遠記得將滿四歲的自己坐在父親的肩膀上，將比賽中的呼喊聲和周圍看熱鬧的人群收在眼裡。能高團到日本之後總共打了九場比賽，消息傳回臺灣，有人說贏了四場，有人說贏了六場，無論贏了幾場拿耀都期待去迎接他們歸來。報紙的一小處刊登了能高團的照片，拿耀被他們白底黑字的球衣深深吸引。不久後，能高團回到花蓮，花蓮港的工程也開始進行，看見各種船的日子愈來愈多，包含那些經過的軍艦。

拿耀在宜蘭農林學校時認識馬紹，他們當時一起加入野球部，雖然學校的野球部並沒有得到太多關注，但大家都在場上盡情享受比賽的樂趣。馬紹在十三歲的暑假轉學到嘉義農林學校，這令拿耀十分羨慕，在他心裡，嘉農是全臺灣第一的野球隊。那年嘉農第二度取得臺灣島代表權前往日本，拿耀要馬紹回來後告訴他日本的球場長什麼樣子，是不是像廣播中聽到的一樣平整、寬闊，而且全壘打牆不是用竹片圍起來的。

世界在一九三六年產生細微的變化，接著開始加速。拿耀聽聞全島野球大會將因為戰爭而停辦，不久後所有成年男子都必須放下球棒，拿起步槍。太平洋戰爭爆發的消息從收音機裡滴滴答答地傳出，拿耀和父親臉色凝重地望著海面，彷彿聽見從遠方傳來的微小砲火聲，隨著海浪逼近眼前。原本希望到日本繼續進修的夢，考量戰爭逼近，決定留在臺灣。從宜蘭農林學校畢業後，拿耀因緣際會下參與了米崙港的工程，兩年來不僅接觸實作，也主動學習修築相關技術。米崙港完工後第三年，他聽聞北部正在招收「拓南工業戰士」，他想，那裡能夠進修又能免除兵役，薪資比鐵路局還好，到南洋當個技術指導員應該很不錯吧。拿耀雖然有符合規定的實務經驗，但畢竟是農校出身，他沒有把握，不知道該不該報考。和父親討論後，決定試試看再說，於是他去報考拓南工業訓練所第三期的土木科。拿耀以為自己考不上，沒想到入選名單公布時，出現了自己的名字。甚至到了開訓前夕，還因為招生不足，在一名錄取生的推薦下，讓一名十七歲少年加入。

兩個月後的早晨，拿耀坐船前往基隆港，準備到臺北馬場町二三一番地報到。他看著閃耀金光的海面，不時有海鳥低飛旋即又升起，他不知道下次回來，眼前的海岸、海浪是否還會跟現在一樣。他忽然明白自己要開始失去某些東西了，他無能為力，只能看著一切發生，什麼也做不了。

在皇民奉公會的大力推動之下，拓南工業訓練所成立後招收到許多年輕菁英，以南進政策為目的，希望帶著一群訓練有素的年輕人前往南方，協助所有能源採集工事。拿耀報到後才發現事情和想像的不太一樣。校長原賀在開訓時對大家說：「歡迎你們來到拓南工業訓練所，你們要為天皇和日本國而努力，請好好學習！」

每天從早上六點開始上課，直到晚上十點才能放下一整天的疲勞，專業科目之外還得進行體能訓練與愛國教育。半年後，他們都將前往南方的海域和森林。每晚拿耀藉著微亮的燈火，將課業上不清楚的部分釐清之後才敢就寢，疲勞讓拿耀難以入睡的習慣消失了，閉上眼就能陷在一片雪白的畫面裡。

每日表定的體能操練就是不斷地跑步，拿耀想起過去父親陪他到花崗山練體能的回憶，這種枯燥又辛苦的日子總是比打上海岸的白色泡沫還長。某天校長在朝會時宣布：「接下來的週末，學校要舉辦野球大賽，將由各科老師分隊，大家要努力準備。此外，為了讓臺灣人與日本人團結合作，會有鄰近學校的野球部學生加入你們，你們要想辦法為自己的隊伍贏得比賽，勝負之後自然會有獎賞與懲罰，大家要努力練習。散會！」

原賀校長知道，戰爭導致全島野球大會停辦，讓所有高校球員不得已放下手套和球棒，於是利用野球比賽作為誘因，讓鄰校的日本學生來參加，藉此學習跨族群合作。校長借來許多野球裝備，馬場町的野球賽正式開打。自從日本人來到臺灣之後，野球比賽開始在臺灣像是漁網一樣散開，但這是拿耀第一次和日本人一起打野球。

機械科的吉田老師和土木科的小島老師帶領各自的學生，電氣科的石川老師則跟建築科的林老師一起。每週六升旗過後，所有人都會聚集在運動場，參與比賽的學生們開始暖身，沒有參加比賽的學生則組成後援會，綁上自製的頭巾為自己的球隊加油。

「這裡的日本人好像有點不一樣。」拿耀原以為是臺灣人與日本人較量，現在卻變成合作關係。他仍然被幾個日本人嘲笑、挑釁，但出聲幫他的人竟是捕手野本。

他從小就不喜歡輸球的感覺，更討厭被日本人瞧不起，vayi（祖母）說日本人不好，不要跟日本人走太近，但現在他無法選擇。比賽時拿耀接受到隊友的鼓勵與吶喊，站在他身後的除了外野手陳和三壘手林，以及一壘手岩里和游擊手江口是臺灣人外，剩下的位置都由日本人守備。原賀校長看見大家因為野球而團結，對於他們開始懂得合作而感到開心。的確，這是戰略的一部分，只有讓臺灣人和日本人合作，才能讓南進政策順利，原賀校長深信自己的決定是對的。如果戰爭沒有開打，他們或許會是一支很好的隊伍。

只有在打野球的時候，拿耀才看得到老師們的笑臉。跟過去不一樣的是，老師們從沒露出嫌惡臺灣人的表情，至少拿耀沒看過。在黑板前的老師和球場的老師都用盡全力想辦法帶大家贏下球賽，當然也少不了破口大罵的時候。跟拿耀同隊的小島老師偶爾會下來當捕手，他總是可以把拿耀的球穩穩接住，當拿耀想著下一顆球要怎麼投，小島老師的暗號總是和他腦袋裡的一樣。雖然上課時小島老師常常對著拿耀說：「你怎麼還是沒學會啊，你的腦袋是肌肉做的嗎？」但在球場上，小島老師卻說拿耀很聰明，拿耀不知道該相信哪一個。

每當比賽結束時，原賀校長會集合所有人訓話。「希望藉由比賽讓你們培養默契、感情以及對壓力的抵抗性，你們要好好學習大和魂及武士道精神，面對比賽跟面對所有事情都是一樣的。」

最後一場比賽結束後，不少人哭成一團，拿耀沒有，他還沉浸在剛才的勝利裡。有些人開心地等待原賀校長宣布勝隊的獎勵，有些人默默圍在一起。「勝利的球隊可以將手套帶走，做為你們畢業的禮物。」原賀校長將贏得優勝的那顆球交給拿耀，拿耀和每個隊友擁抱。最後一場比賽雖然贏了，但就像世界上所有事情一樣都會結束，他在坐船離開花蓮時就明白這個道理。比賽結束後迎面而來的就是離開，去到一個未知的地方、未知的叢林。

拿耀坐在宿舍的台階上看著月光，死亡離自己又更進一步，想著不久後他真的要到南洋去了。他從沒想過世界有這麼大，原來島的南方還有一個島，此刻那是離戰爭最近的地方。他前幾天放假回花蓮時，在新港街遇見了馬紹，馬紹當時背著墨綠色的大背包，將上身的制服扎進褲子裡，他因為傑出的體能而入選軍隊，準備在後天搭船，前去支援南洋的戰事。

「放心，我想那裡的山應該跟這裡的山一樣，我們有樹根的氣味，不用擔心會在山裡迷路。」

「我擔心子彈會追上我。」

拿耀想，說不定會在南洋遇見馬紹，於是他將球夾在手套裡，放進背包。深咖啡色的手套是在訓練所比賽時勝隊的獎勵，拿耀一直把它當成幸運物。他必須去睡覺，但今晚的夜空像溪水一樣清澈透明，他決定等一片雲遮住牛郎星時就去睡覺，這個有關臺灣漢人的神話故事飄到他的意識前面。

想到祖父母、父親、族人，拿耀心情沉重起來，坐在台階上看著月亮被雲遮住，又重新出現在空中。宿舍裡傳出此起彼落的打呼聲，蟲鳴像是收音機斷斷續續。悶熱的夏季夜空中，星星散落在天上像一盤打翻的白棋。他走下台階躺在地上，呼吸著接近地表最乾淨的味道，讓汗水從衣服內部濕透，沾上一片沙土。他閉上眼感受大地的溫度，土地充滿生命就充滿聲音，螞蟻成群走動的聲音，角鴞飛過枝頭、最後在楠木枝幹停留的聲音，龜殼花在山林間緩緩爬行的聲音。不久的將來這些都將聽不到了，暫時聽不到了。拿耀想到父親和低矮的家，黃狗會在門口閒晃，但他們不知道天上的大鳥會丟下鋼鐵的蛋，蛋裂開的同時不是溫和的液體，而是四處蔓延的紅色火焰，像是淹了一場烈焰做成的大水。當月亮再次隱沒在雲的背後拿耀才回到宿舍，當窗外的天空還是深藍色時，他們已經在集合場準備前往高雄港，拓南工業戰士們將啟航。

開往馬尼拉的夜晚，拿耀不知道在船艙睡了多久，一陣嘈雜後，寢室內的人紛紛逃竄，地板發出巨大的轟鳴像是地震。拿耀跑到甲板上，只看見海水中冒起浪花，大船在海面左右晃動前進，不知不覺轉了九十度。後方的油罐船為了掩護大船，突然被一道火光穿過船身，劇烈的閃光讓所有人眼前一黑，海面上長出巨大的火炬，在大船遠離時變成一顆落入大海的太陽。好一段時間，大家都擠在船尾甲板上看著直竄的火焰，直到船長大聲命令回船艙內，所有人才開始移動。

類似的噩夢已經持續三、四天，拿耀每次醒來都會先確認天空是暗的還是亮的，接著往窗外看看海面上有什麼動靜。今天就會抵達馬尼拉，所有人的臉都像皺巴巴的壘包，愈靠近目的地船就開得愈慢。大家陸續下船，在岸邊嘔吐起來，拿耀聽了嘔吐聲也忍不住反胃，將肚子裡的東西全部嘔到海裡。在海上遇到突襲的那個夜晚，他好像看見一、兩隻手伸出海面，試圖在空中抓住破碎的船板浮木，卻什麼也沒抓到。把自己拉回現實的拿耀告訴自己：「我們沒死，我們沒死。」

上岸之後，他們隨即接獲命令去協助陸軍搬運物資，由於拓南生屬於軍屬，必要時需要充當補給人員。約莫等待二十分鐘，隊伍後方傳來整齊的腳步聲，在樹木的背後，一顆、兩顆……墨綠色的頭盔陸續出現，像是長滿青苔的石頭。部隊後方的士兵交手貨物給拓南生的隊伍，由他們接手搬運並走在部隊中間。行軍到一半時，有人突然在拿耀的肩膀拍了一下，拿耀轉頭看見馬紹變得粗壯的肩膀和黝黑的臉，一時之間無法反應，想必前些日子裡他經歷了很多事。部隊行軍一直走到天空漸漸變成深海的黑，拿耀見到馬紹後，在行軍途中流下了眼淚。中間停留休息時，拿耀問馬紹這些日子的經過。這些日子裡馬紹先是訓練，接著前往呂宋島做軍事管理，近期為了短暫的補給才踏上馬尼拉。

「那你接下來要往哪裡去？」拿耀問馬紹。

「要去比亞克島，去支援那裡的部隊。」拿耀告訴馬紹登陸前夕那個夜晚遇上的事，馬紹抓抓自己的短髮說：「這就是戰爭。」馬紹的語氣像是看過了一百次死亡。拿耀細看馬紹的手，發現厚繭在手掌上隆起，像礁石一樣粗糙。再次啟程後，一路上他們沒說任何一句話。走在拿耀背後的馬紹知道，拿耀的靈魂仍然是白色的，就像霧氣般清新。馬紹用母語說：「我們要想辦法活下來，因為這座島嶼已經失去眼睛了。」

雨林裡充滿煙硝味，還有一股潮濕的氣息，像是血。風不斷自海上吹來，慢慢逼近腳跟。拿耀想哭的時候就把腳步踩得用力一些，腳下的落葉與土壤散發出午後陣雨的酸味，像蒸氣般塞住鼻子。馬紹看著拿耀的後腦勺，想起幾年前一起在山上放陷阱抓飛鼠、山羌和一些小型動物。「可惜那些日子已經不在了。」馬紹覺得，拿耀不是山的孩子，反倒像是海的孩子。他從小跟著爸爸捕魚，學到像toda（海鰻）般的泳姿，卻沒有得到媽媽那邊粗壯的大腿和勇氣，外公常說他像飛鼠一樣膽小。日本人徵召番人從軍時，軍方希望借重番人的山林經驗，能對南洋地區的戰事有所幫助，拿耀在山林裡的速度比在海水裡慢，像是蚯蚓在陸地上爬行，所以沒有入選。

好不容易到營地，前方的樹林已經被黑暗吞噬，拿耀呆滯地坐在地上等待營火升起。藉著微小的火光，他們簡單吃了晚餐，馬紹漸漸對於叢林裡的空氣感到陌生，夾雜著各種生物的氣味，一時難以分辨。

離營火熄滅還有一點時間，部隊的人都在有火光的範圍裡活動，有人在樹旁抽菸，有些人用母語交談。

「你應該有帶這個吧？」拿耀從背包裡拿出手套和球。

「我沒有，」馬紹看著拿耀的手套說：「我丟到海裡了。」

就著營火的光，他們徒手輕輕地丟著，傳接球時不需要說話，但接到球時，彼此都感覺到一股沉重的疲累。他們看得見對方的表情。多數人睡著了，拿耀和馬紹坐在營火的灰燼旁，不久後躺在泥土和落葉上望著天空，在此起彼落的呼吸聲中進入意識的最深處。

隔日，馬紹跟拿耀在島嶼西側的高地互相道別，前往港口的途中，拿耀看見天空有不少海鳥盤旋，遠處的海面上有點點小船，氣氛寧靜得讓人忘了戰爭。

與馬紹道別後，拿耀跟著隊伍離開馬尼拉，啟航前往婆羅洲的一〇二燃料廠，他不安的心隨著工作的安排漸漸穩定下來。這裡沒有美軍登島的消息，也沒有火藥味。早晨時，駐點的日本軍官和當地人一起抽菸，連走路的速度都和樹木生長一樣緩慢。世界像是一分為二，雖然在每天執行工作時能清楚看見日本軍機飛過頭頂，卻沒有緊繃的感覺。拿耀不自覺低頭看著自己變髒的雙手，汗水的氣味從胸口飄進鼻腔，他的日子也像機器的齒輪不斷轉動。

某天夜裡，一道一道火光落在宿舍不遠處，天空看不到裂縫但能聽見聲音，宿舍內充斥著腳步聲，所有人開始往外跑。拿耀和大家雙手抱膝蹲在防空洞裡，外面的爆炸聲混合著耳鳴在腦子裡嗡嗡作響。夜晚被轟炸聲拉成一道弧線，直到靠近門口的人出去探視，確認轟炸已停止了十幾二十分鐘，大夥才一一撤出洞穴，但沒有人敢回到宿舍。拿耀雖然不是第一次遇到空襲，但在夜晚手指都看不見的時刻，總覺得雲層裡的飛機和溪床上的石頭一樣多。

兩個月後的一個晚上，世界以相反的方式運轉，拿耀看著手上的九四式手槍和僅有的五顆子彈，這是從死去的同伴身上找到的裝備。他聽說同期許多拓南工業生都被迫上了戰場，有些人連槍都不會用就往死亡走去。十人小隊將在今夜離開營區找尋食物，在這之前，營區的糧食只夠所有人一天吃兩餐，每人只能分到一碗看不見米粒的稀飯；而當飲用水也開始不足時，砲火爬上了這座島嶼。十人小隊今夜準備前往島嶼西側。動物為了生存只能遷徙，拿耀原先在營區後方的樹林裡做動物陷阱，幾日下來卻什麼也沒抓到。叢林像是一顆從中間潰爛的大樹，動物們似乎都知道這裡是地獄，拿耀再也沒有聽見鳥鳴、蟲鳴，也沒有再看見樹林間猴子的金色眼睛。

拿耀出發前看著包袱裡對他有意義的東西，好些已經在戰爭中遺失了，他決定把原賀校長送給他的優勝球放進口袋。他確認裝備，左側腰帶上有個袋子，裡面有一把短刀和一罐瘧疾藥物，右邊的袋子裡有一綑繩子和從同伴身上找到的半罐牛肉罐頭，背上放著一件毛毯。

一行人往西邊前進，距離第三砲塔還有一段距離，隊長中川想知道還有多少友軍存在，為躲避白天的空襲，於是選在夜晚行動。

「遇到月光時就停止，等光線消失再動作。」所有人都在樹蔭下等待雲再次掩蓋月光。月光照亮森林，遠不如閃光彈那般刺眼。等到月光黯淡後，一行人又開始移動，沒多久後方傳來一陣巨響，原本灰暗的夜空瞬間又變成光明。

「找掩護！快，快點！」隊長蹲在大樹旁，拿耀往後方跑去，在樹蔭底下躲起來，聽見一聲又一聲巨響落在四周，同期的訓練生川島跟著拿耀躲在同一個影子下。在巨大的爆炸聲籠罩下，拿耀在川島的耳邊大聲問他：「你還要繼續往前嗎？」川島閉著眼睛回答：「不想啊！」

美軍在夜間發動突襲，拿耀心想這時如果逃跑到叢林裡，或許還有活著的機會。「要不要一起逃跑？」拿耀看不到川島的眼睛，但他急促的呼吸聲透露出他真的不想死。拿耀拉著川島的手往後方的黑暗中跑去，川島沒有甩開拿耀而是緊緊握著他。看不見樹根的路上，拿耀和川島不斷跌倒、爬起，繼續奔跑，途中感覺有東西掉落，但他們頭也不回。拿耀想起遇見馬紹的夜晚，有些問題好像永遠沒有答案。

那一夜，當多數人睡著時，拿耀用母語問：「為什麼我們要來戰爭？」拿耀和馬紹都因環境的陌生感而難以入眠。

「我們不是日本人，就算我們有日本名字，也不是日本人。」

「我們是誰？」

「他們口中的番人啊。」

「那現在身上的衣服又是怎麼回事？」

「我們現在說日本話，就只能幫日本人打仗。」

「打野球的時候，我們都不能跟日本人一起，我們是番人，他們覺得我們跟動物沒什麼不一樣，憑什麼現在我們得拿槍跟他們去打仗。」

在短暫的夜晚，馬紹和拿耀大多時候一起看著明滅的灰燼，跟所有人的心臟一樣緩慢燃燒。人總是自私的。馬紹想起在嘉義打球時，球場都是給日本人使用，而不是他們。即使是跟馬紹同隊的日本人也會被日本人瞧不起，他們只能在河堤邊的空地、早晨無人的嘉義街道上跑步和練習。戰爭是贏或是輸，拿耀都想不到任何理由開心，他不知道自己能不能回家，山裡的動物能不能回來，那艘下沉的船或許會被永遠忘記，它們都將消失在煙霧裡。

「之後你要到比亞克島對嗎？」

「對啊，再過幾天就要坐船到比亞克島去支援。」

「我被分配去婆羅洲的吧里吧板。」

在此次夜間行動前，拿耀聽到比亞克島傳來戰爭的消息，連同去支援興建機場的第二期拓南生在內，幾乎沒有任何人活下來。「馬紹一定躲在山裡，馬紹那麼懂得山的血路，絕對會活下來。」拿耀這麼祈禱也這麼相信著。「我們會活下來。」他對川島說。突然間槍聲傳來，拿耀不知身在何處，他們只能跑，槍聲從前方傳來，像是某種誘餌，等著影子逃出樹林。拿耀看見他們的左前方有個砲彈轟炸過後的大洞，前幾天大雨造成的積水反射出一道光。拿耀帶著川島往前，試著模仿山羌的步伐前進。父親教過他，唯有用動物的方式在山裡行動，才能不被動物發現。他們左右環視，確認美軍沒有在附近，一個轉身躲進大洞的水坑裡，只露出鼻孔和眼睛，像兩塊巨石沉甸甸地落入坑洞。他們從沒以這種角度看過島嶼的天空，微亮的星星讓人忘記方向。他們蹲坐在水裡，皮鞋裡充滿爛泥的濃稠感，手指開始發皺。天亮的時刻比想像的還早，他們因為維持同樣的姿勢而全身麻痺。日光變得強烈時，他們只能將眼睛閉上，不時探頭觀看四周。突然，他們聽到腳步聲從身後靠近，兩個、三個……身體的不適讓拿耀無法判斷靠近的人是不是敵人。聲音愈來愈近，接著他們頭頂出現四個美國人拿著槍指著他們，做出要他們起身的手勢。他們花了一番時間才從水裡爬出來，趴在地上，雙手往前平舉，拿耀意識到身上的手槍似乎在逃跑時遺失了，只剩下一把生鏽的刀和那顆泡水的球。

經過盤問後他們坐上卡車，被美軍送往一處山中的臨時收容所。到了收容所，拿耀發現這裡已經有許多臺灣人與日本人，他們穿著比較乾淨的衣服，臉上的傷痕也癒合了。臨時收容所的生活沒有想像的恐怖，拿耀見到的世界角落又多出一個，這裡的樹是樹的顏色，下過雨後彩虹會出現在天空，淡淡地劃過雲層。雖然被監視，美國人卻不像傳聞那樣殘暴，拿耀發現在這裡什麼事也不用做。不過，一旦有爆炸聲傳來，即使很小聲，拿耀還是會不由自主地尋找掩蔽物。看到這場景，美國人都笑了。拿耀不知道什麼時候才能回臺灣。美軍為了管理，幾天後又將他送往另外一個地方——荷屬東印度附近的Rai島。

八月十五日午後，裕仁天皇的聲音從收音機裡斷斷續續地出現。宣言結束後，日本人先是跪坐在地上，然後哭泣，最後連頭都插在地上不斷抖動。雨林周圍逐漸安靜下來，只剩下人們嚎啕大哭的聲音。

戰爭結束後，戰俘們並沒有馬上被遣返回國，剩下的日子跟平常沒什麼不同，時間彷彿卡住一般，大夥無所事事地等待著審判或遣返。

秋天過去，冬天來了。Rai 島的冬天不寒冷，拿耀聽見美軍們說有個節日快到了，即使不知道也沒關係，那天是值得慶祝的一天。

節日當天早晨，美國人連走路時都輕鬆擺動身體，美國軍隊從營火旁的木箱裡拿出一些罐頭和拿耀沒看過的食物。拿耀跟著眾人端著鐵製的餐盤，從美軍手中接到一小份食物，美國軍人一直說：「Merry Christmas！」拿耀聽不懂，但這份食物是拿耀離開臺灣後吃到最好吃的東西。接著拿耀眼睛一亮，美國軍人不知道從哪裡拿出幾只舊手套、球棒和幾顆表面破皮的球。他們知道日本人也打野球、臺灣人也打野球，所以覺得可以大夥一起打一場球。美軍找了個會說英文的臺灣人，吆喝其他戰俘們來比一場吧。在美國人眼裡，今天的日本人和臺灣人不太像敵人，比較像是一支來訪的亞洲球隊。

收容所前的土地凹凸不平，到處都是車輪輾過的痕跡，微微的風自北方吹來，夾帶著一點鹹味，戰爭結束了，但空氣中仍有淡淡的煙硝味。日光在叢林的背後尚未現身，不斷上升的溫度讓所有人都將袖子捲起。

拿耀站上投手丘看著一個個高壯的美國人，他們揮動球棒就像是揮動武士刀一樣寫意，他背後的日本人用日文說：「丟那個渾蛋！」說完嘿嘿笑，拿耀假裝沒聽到。打者對拿耀點頭、露出淡淡的微笑。其實沒有人想要戰爭吧，拿耀心想，即使前些日子美國軍人總是槍口對著他們，現在大家仍像夥伴一樣在這裡打球。此刻他只想好好投球，他好久沒有比賽了。

拿耀全神貫注地將一顆快速球投進內角，好球。他想起過去馬紹蹲在本壘後面接球的樣子，隨著一陣風從樹林深處吹來，他彷彿聞到記憶中馬紹的氣味。「馬紹回到森林了，因為他是山的孩子。」拿耀將球投得又快又準，兩好球。「馬紹一定聽到了這場比賽的聲音。」拿耀回想著和馬紹投捕搭配的比賽畫面，投出一顆軌跡很大的曲球，曲球落在打者的外側，球快落地時打者揮棒落空，三振出局，兩隊交換攻守。

一位大鬍子美國軍官擔任投手，拿耀提著棒子站進打擊區，左外野後方的樹林因為轟炸而變成一個缺口，底下是一片廣闊平穩的海，他能看見遠方有些霧霧的、白白的小船停在海面上。

一顆直球衝進外角好球帶，拿耀沒有揮棒。拿耀想打一顆靠近身體的直球，他想用力揮棒，看看球能不能飛到海裡。接著一顆曲球提前落地，拿耀還是選擇等待直球。拿耀發現這段期間他已經習慣等待，等待月亮被雲遮住，等待船靠岸，等待戰爭結束；只有活下來才能再打野球。但拿耀害怕太過安靜的時刻，那會讓他突然懷疑戰爭是否真的結束了，不過只要想起天皇的聲音，就能迅速回到現實。現在他只想打出一支全壘打。

一顆高於腰帶的球直直進壘，拿耀將球打得又高又快，幾乎跟著海鳥一起飛行。他的眼睛盯著那顆球，左外野手往後退，往後退，就在快退到樹下時，球劃過樹葉落到外野手的手套裡。當球回傳時，拿耀還在繞壘，他低著頭繞過二壘繼續往三壘跑去，游擊手露出微笑伸出右手掌，拿耀很自然地將手拍過去，接著三壘手也做了一樣的動作，他看見美國人在拍手，日本人也在拍手。拿耀下場後在樹下坐了很久，反覆回憶著剛才擊中那顆球的手感，讓風將他的汗水和眼淚吹乾。

拿耀在睡覺之前將阿美族的鯨魚傳說想了一遍，父親在拿耀小的時候跟他講過一次，在他的記憶裡依舊清晰。

傳說中，一位阿美族青年在海邊撿木頭時，被一隻巨大的鯨吞到肚子裡，隨著鯨的排泄物排出而漂浮在海上。他意外地在女人國上岸，因為這裡全是女人，身為男人的他被當成食物囚禁。某天他趁機逃脫，對於自己能活下來心生感激。他逃到海邊，想著該怎麼回家，眼看後方的追兵正在趕來，此時一隻鯨出現在眼前的海面上，牠的眼睛像是在呼喚青年。青年游到鯨的背上，鯨載著他穿越茫茫大海，平安回到部落。從此之後，阿美族人都會定期舉辦海祭，感謝大海，感謝上天。

拿耀回想這個故事時，彷彿聞到父親嘴裡檳榔和醃肉的鹹味。他再次閉上眼睛，這次終於要回家了，他搭乘的這艘船彷彿就是那隻鯨，此刻在船上的人都得救了。父親或許正在家門口坐著，他來得及參加今年的海祭，等南方吹來的風和乾淨的雨再次降下來，這個季節差不多要跟父親一起把芋頭種進土裡了。等待收成的日子，他會爬上花崗山，球場的周圍會站滿男人、女人和賣飲料的小販車。當比賽的氣笛聲響起，拿耀會信心十足地上場，花蓮的夏天是最適合比賽的季節，拿耀想著想著睡著了。

大船朝著日光升起的地方前進，接著往北航行，世界暫時恢復平靜。枝枒開始生長，山豬養育幼崽，睡醒的拿耀在窗邊看著遠方的臺灣島，天頂上的烏雲像個球面的屋頂，棉絮般的雨絲落在甲板上，雨絲與島上的深綠色合為一體，變成一團混濁的液體，所有人都在睡夢中交錯、鼓動地呼吸著。

被藍眼睛捕捉的事

哈伯通過檢查後去廁所照鏡子，
幾乎要開始相信那隻眼睛真的是身體長回來的。

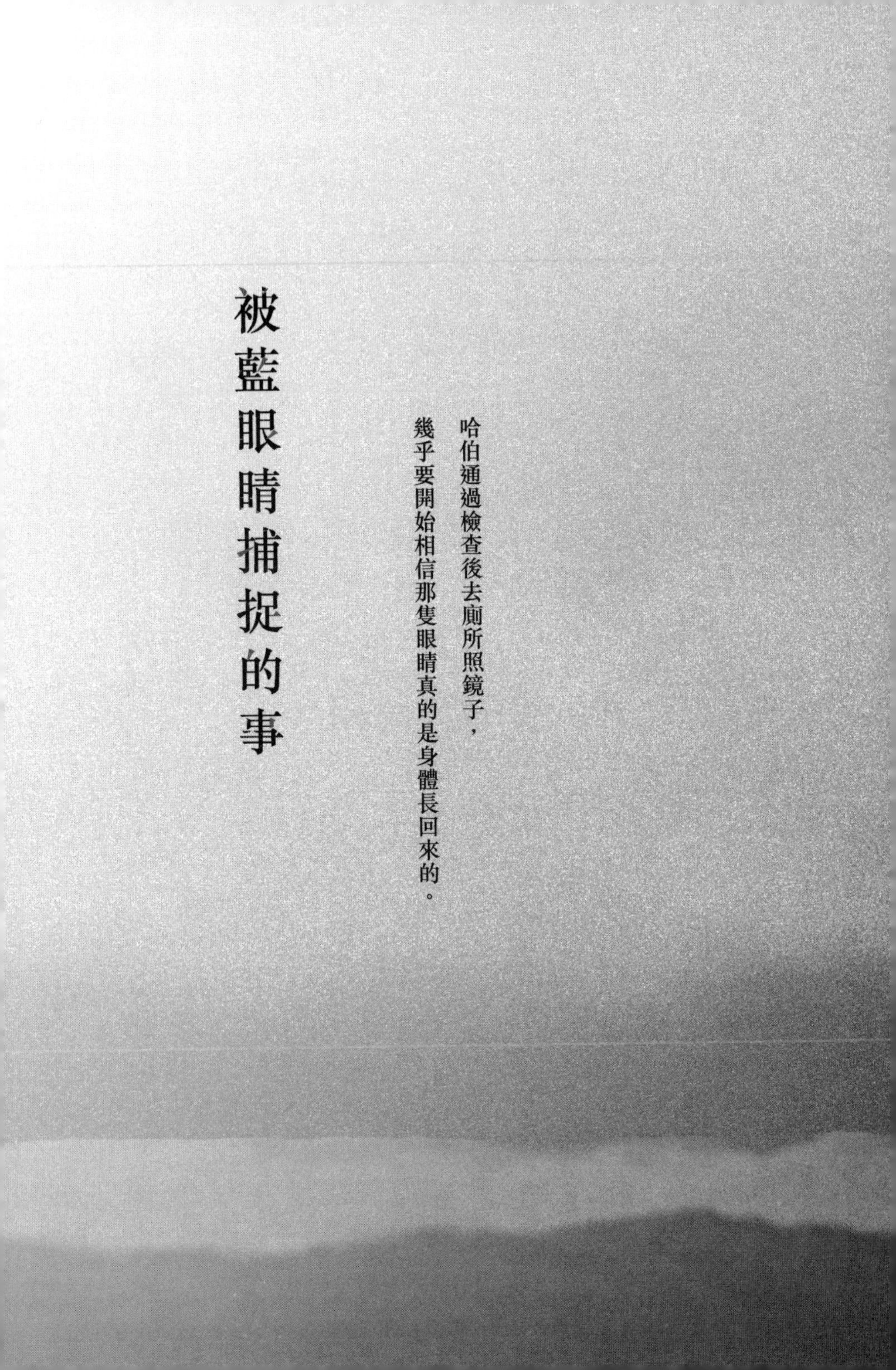

「嘿，兄弟，你該出門了！」

「不要。」

「你這樣太荒謬了，已經一個禮拜了，棒球員才不會感冒。」

「我的腳又痛了，真的。我想待在基地，再一天。」

哈伯背對著尼爾森，望向床邊的大面落地窗，今天是晴朗的好天氣，或許還是哈伯來臺灣後天氣最好的一天。

「要我跟教練說你的腳又痛了嗎？」

「對。」

尼爾森打開宿舍的房門，「如果你不回到球場，你將會錯過季後賽。」尼爾森像是對著空氣說話。

今天是第七天，哈伯沒有走出過房門，連吃飯都是請隔壁的隊友幫他放在門口。尼爾森出門後，哈伯隨即感到噁心，他迅速起身，跑到馬桶前嘔吐。昨晚他沒吃晚餐就上床就寢，吐出來的汁液帶點黃綠色，他看著自己的嘔吐物，用左手遮住左眼，再用右手遮住右眼，兩隻眼睛看見的顏色差距愈來愈大。他想起一些事，一些已經不重要又忘不掉的事。

第一次見到哈伯，可能會注意到他的右眼和頭皮上很長的疤，從右邊顴骨一直到頭頂中心。儘管捲捲的頭髮遮住了大部分皮膚，肉色結痂後的新皮依舊可辨，像是隱藏著什麼。

上個賽季結束之後，母企業的新經營者上任，不排除要解散球隊的消息一出，引發支持群眾強烈的不滿。球迷不斷向母企業喊話，若不說明清楚，就要抵制他們生產的商品。終於，球團在開季前出面說明，並公布一系列補強作為，試圖激起球迷們對晉級季後賽的想像，並安撫他們躁動的情緒。同時，針對較為貧弱的打線增添兩名火力，季初決定以雙洋砲為主，最後選定哈伯與尼爾森。

球團在第四次開會過後才有了共識。第二次開會時，總教練看完領隊提供的選手影片後拍桌走人，認為領隊給的選手不是太老就是看不到價值，直到快開季時，總教練才終於在洋將人選的欄位上簽名。哈伯與尼爾森，他們兩人在小聯盟時期就已經是隊友，今年一起來到臺灣。他們到簽約時才知道，原來臺灣的外籍選手都是以月做為簽約單位，第一張合約的效期是兩個月。在簽約前兩人已經了解的是，只要球季中出了差錯影響到球隊，隨時都會被解約。總教練很期待兩人的到來，畢竟哈伯二十八歲、尼爾森三十歲，兩人的年紀都不算太大，尤其看到哈伯的影片時，總教練雙手交叉在胸口、不斷點頭，像是在說這個人就是他要的。

哈伯和尼爾森的到來，為球隊增加一股新能量，球迷聽說有兩個打擊不錯的新傢伙，開幕賽開始前，球場幾乎滿座。上個賽季還在小聯盟的兩人，對於客滿的球場顯得相當驚訝，在小聯盟根本沒有這麼多球迷。哈伯打擊練習的前三球都因出棒太早，打出不扎實的滾地球，不過第四球開始，每一球都飛到全壘打牆前。他將棒子高舉過頭搖晃，揮起球棒就像拿掃把掃地一樣輕鬆。節奏感與力量的展現讓教練很滿意，球迷紛紛覺得提早兩小時進場看他練習打擊是值得的。

第一場比賽，哈伯就讓所有觀眾難以忘記他。

在歡呼聲下，哈伯走進左打打擊區，七局下半，一出局，二壘上有跑者，由於僅有一分差距，中、右外野手守得較偏右外野，左外野手則站得比較前面。觀眾們坐立難安，紛紛鼓譟，他們已經見識到哈伯今晚的表現，無論球投到哪個位置，他總有辦法打成安打，現在只差一支三壘安打就可以達成難得的紀錄。

哈伯是左打者，捕手為了避免讓哈伯輕易敲出安打，指示投手投壞球，不跟他對決。沒想到投手卻把球投得太過中間，哈伯逮到機會，快速將棒頭甩出，順勢將球打向中左外野的空檔地帶。白球落地後一路滾到牆角下，兩名外野手頭也不回地往後奔去。球反彈回來時，中外野手瞄到哈伯才剛繞過二壘，指導教練用手臂不斷地繞圈，提醒哈伯加快速度。中外野手將球丟給中間轉傳的游擊手，此時哈伯離三壘還有段距離，他的雙腳漸漸像在原地踏步。指導教練跪在地上向下揮動雙手，示意哈伯快點滑壘。哈伯重心壓低、雙手一伸，球也剛好傳進三壘手的手套裡，手套和哈伯的身體貼在一起，幾乎是同一瞬間。此時裁判雙手平舉，全場觀眾大聲歡呼，這是一支達成紀錄的三壘安打。不過哈伯站不起來，被隊友攙扶下場。

「呼，又受傷了。」哈伯被換下場時，告訴幫他按摩的小虹，小虹看著他因為痛苦而不斷流下汗珠的臉，盡力幫他舒緩腳踝的疼痛。回宿舍路上哈伯告訴小虹：「當時我真的聽到骨頭斷了，妳知道嗎？我幫我爸拉他的船，我沒踩穩，船就壓在我的腳踝上。啪！它斷了。」

即使復健回到球場，哈伯還是對跑步有陰影。

「那時候，我感覺我的腳踝只要著地，就會再一次碎掉。」

即將成為第十年的業餘天文迷，小虹在宿舍整理攝影器材，準備上山捕捉海爾—波普彗星的一刻。攝影器材旁有個收納盒，藍色、粉紅色、白色的繃帶整齊排列，棉花棒剛買的還沒拆開，處理小傷口的藥膏擠了一半。房間裡老舊的製冰機發出轟隆聲，每晚都得把電源關了才有辦法入睡。

「嘿，彩虹女孩，妳在幹嘛？」房門被哈伯和尼爾森推開。

「我要去看彗星，在合歡山，大概後天才會回來。」

「妳不能在頂樓看嗎？」尼爾森問。

「不能，這裡不夠高且充滿建築。最好的觀測時間是早上四點多，現在過去還來得及，反正明天休假。」

「當我還是個孩子，我爸說晚上天上會有一條閃亮的路。」哈伯坐在他熟悉的小板凳上，等小虹過來幫他按摩肩膀。尼爾森進來拿冰塊，準備冰敷因疲勞過度而發炎的右手肘和右膝。

「我要去找樂子了，晚安兩位。」尼爾森拿了冰塊就走。

「可以跟妳一起去嗎？」哈伯看著小虹。

「如果你不想睡覺的話。」

「讚啦。」哈伯來臺灣第一次講臺灣話。

哈伯一百九十公分、九十八公斤的身材，勉強可以坐進將座椅拉到極限的豐田副駕駛座，小虹將攝影器材放進後座和車廂裡，還有一些零嘴可以打發時間。哈伯穿著球團提供的刷毛厚外套加緊身衣，在上山的途中，小虹買了小瓶高粱酒。

「這什麼？」

「一種酒，給你的，等到了山上你試看看。」

因為練習的疲累，哈伯不小心睡著了，小虹專心地開在高速公路上。

哈伯醒來時，窗外已經黑漆漆的，她打開一點車窗讓涼風吹進來。

「抱歉，我睡很久嗎？」

「不會，沒事的。」

哈伯伸展身體，把窗戶整個搖下來。

「這個賽季已經快結束了，一切還可以嗎？哈伯。」

「還不差，除了食物以外。」

「九月了，如果我們保持第一的話，十月就能打季後賽了。」

「噢，真的嗎？那將會是我的第一次。這支球隊拿過冠軍嗎？」

「大概我高中的時候。」

「那真是漫長的時間。」

吹進來的風帶有一點樹葉的味道，這條路上沒有路燈，小虹將遠光燈打開也沒辦法讓視野維持清晰的扇形。她不斷眨眼睛，希望能看得更清楚點，同時放慢車速，伸長右手從後座拿包包。

「妳要找什麼？」

「眼鏡。」

在包包裡摸了許久，才想起應該是放在鞋櫃上，後悔沒有在出門之前就換上眼鏡，又把包包丟回後座。上山後收訊變得很差，他們任由廣播斷斷續續，跟外面的風形成錯開的雜音。

「哈伯，我可以問你一件事嗎？」

「關於什麼？」

「你的頭。」

這句話像支撬棒，插進了縫隙，想要撬開哈伯心中的大石頭。

「噢，這是個很長的故事。」

睜開我的眼睛時，我右手還握著槍，我不敢相信這一切。我感覺到痛苦，感覺到房間的氣味改變，這不是我的幻想。我的血仍在滴，好像紅色的玻璃珠子撒在地板上，我試著深呼吸，聞到強烈的血腥味，我很確定我還活著。然後……我無法控制我的右眼，可能子彈走錯了路，從眼窩飛出去。

接著我感覺到墜落、暈眩，我從沒有過這樣的體驗，我用盡全力撐住自己的身體，保持站立，但真的太不舒服了，於是我坐在地板上，感覺到疼痛開始擴散，不知道過了多久，有個時刻，我真的覺得自己已經死了。

一九九〇年，是我大學畢業前一年，我認真地準備某次聯賽，選秀前的比賽都很重要，會有很多球探舉起攝影機，所以我感覺到巨大的壓力。我沒辦法好好睡覺，去看醫生，吃醫生開的藥，但那感覺很糟，好像身體不是我的。

顯然地，那次我表現得糟透了，糟透了。我繼續看醫生，解決問題，每當我清理乾淨了，新的問題又再一次出現在我的腳邊。我永遠記得那天，媽打電話給我，爸死了，他喝了太多，把車開進湖裡，就在離我家不遠處，只要五分鐘的路程他就可以安全回家，但他做不到。

我搭上飛機回到阿拉巴馬州，在我還是孩子的時候，我的朋友們都沒有爸爸。那是一個有很多母親與祖母的地方，不是因為爺爺和爸爸工作在外地，而是多數人都不知道自己爸爸是誰。我不一樣，但現在我也一樣了。當時我覺得我是個很爛的球員，很爛的兒子，我沒有機會看見他最後一面，他的手在我手裡的時候，我真希望他還活著。

我也不想連續兩天都是下雨天，但人生就是如此，我不是上帝。唯一幸運的是我被職業球隊選中，然而我已經把心思放在別的地方。我酗酒，跟隊友鬼混，放棄自己擁有的生活，我體重胖到三百磅，教練都不想看到我出現在休息區。在我職業生涯第二年的夏天，某天早上我被叫去教練室，教練冰冷地看著我說：「你簡直是一頭懶豬！」他的右手壓著一封信推到我面前，叫我東西收拾乾淨，離開球場。

回到家，我拉上全部的窗簾，把裝備、用品扔在一邊。當我餓了，我會戴上黑色鴨舌帽走進披薩店，買三個大披薩和一瓶廉價的威士忌，接下來幾天都不出門。一天過一天，喝酒後昏睡，醒來又做同樣的事，這樣的日子過了多久我並不曉得。我不敢接起任何一通電話，包括我媽打來的，我用簡訊回她我正在努力訓練。某天晚上，我再也撐不下去，一把槍在手上，事情就是這樣。

「所以這件事發生在你離開小聯盟之後？」

「對，是三年前的事了。我的腳踝到阿基里斯腱一直很不舒服，造成的影響很大。下樓梯會痛，沒辦法專心練習，我把止痛藥當維他命吃。兩人出局又輪到我打擊時，我總會瞄到觀眾席有些人站起來離去。腳傷的折磨和父親的死讓我離開球場，但我認為最大的問題在我心裡。」

小虹要他抬頭看看此時的天空是否乾淨明亮，哈伯探頭往天上看，滿天星斗讓哈伯說不出話來，連呼吸都變得小聲。到達山頂後，小虹忙著組裝備，一切準備妥當後她才坐回車裡，將車門打開。

「但你是怎麼回到球場的？你少了一隻眼睛。對棒球員來說，你必須看到球才能揮棒跟接球，你施了什麼魔法？」

哈伯打開車裡的燈，指著自己的右眼要小虹觀察一下。小虹看著哈伯的右眼，鵝黃的光線裡，小虹看來看去，就跟一隻普通的眼睛沒什麼不同。「這是祕密，它像是攝影機，可以調整焦距，當然，它可以看得比真實的眼睛更清晰。」

醫生說子彈以弧線的方式穿出頭骨，所以哈伯的腦子沒受損，但嚴重腦震盪和部分顏面器官失調，需要休息靜養。哈伯在醫院躺了三個月，一直很關心他心理狀況的諮商師來探望他。

「嘿，傑森。」

「嗨，哈伯。你好嗎？」

「不好，頭很痛。」

「嗯，教練麥可叫我向你問好。」

「幫我說謝謝他。」

「我真不敢相信我看到的。」

「噢，我也不相信。」

「或許等你康復，我們可以討論有關未來的事。」

「我不能打球了，不是嗎？傑森。」

「呃，或許……你還可以回到球場。」

哈伯從傑森的眼神裡得到某種神祕的訊息。

「我知道，幾乎是不可能，但……如果機率不是零……」

傑森的大學同學在研發人工器官，這在當時根本沒人相信，所以連機構都非常隱密。傑森把這個可能的選項告訴哈伯，哈伯決定嘗試。傷口還沒癒合，哈伯就提前出院，傑森載他到實驗機構做第二次手術。

手術持續二十二個小時，將機器眼安裝在哈伯的右眼眶裡，一塊電子植入物緊貼頭骨內側，將訊號接上部分受損的視神經，透過生物電讓機器運作。這個裝置每年都需要更換，如果超過時限將會有故障的可能，引發的後遺症沒人知道。

「一開始是看不見的，過了好長一段時間才能看見一點光，接著物體的輪廓逐漸顯現出來，再來才有淡淡的色彩。我透過拿東西、摸東西來熟悉與物體之間的距離，它和我的身體逐漸合為一體，直到色彩變得愈來愈鮮明，我才能有效地使用它。但日常生活的熟悉是一回事，在球場上，需要更敏銳的眼力。」

等待彗星的同時，小虹讓哈伯喝一點高粱酒。「我的喉嚨在著火，給我點水！這是什麼啊？」在微微暈眩中，哈伯想起他的故事還沒說完。

「當我再次踏進球場，心跳劇烈，像小時候參加威廉波特那樣讓我緊張到反胃。踩上球場的紅土時，我手臂上開始起雞皮疙瘩。球場裡的風帶有一點鹹味，讓我感到溫暖。我拿起手套傳接球，但我無法接住那顆球，差點打到我臉上。於是我花了好幾個小時到球場看投手練投、看野手接球，每一天又每一天，直到這隻右眼像原本的一樣，直到我的兩隻眼睛可以同時看見球。這是我能夠回到球場的原因。」

觀測時間快到了，小虹起身走到攝影機的後面檢查設備。

「這是幸運還是不幸？我總是在思考這個問題。」哈伯看著天空。

「什麼意思？」

「它有很多優點，甚至能讓我注意到無法輕易發現的小細節，例如投手握什麼球、球如何旋轉等等，它讓我可以快速做出調整。但也有麻煩的部分，像是每年都得換一次這顆球體。我很害怕，不確定這對我會不會有什麼不好的影響。但是，沒有任何事是完美的，對吧？」

「呃……」小虹看向哈伯，不知道他為什麼要編出這麼離奇的故事，「等等，這樣算是作弊吧？哈哈哈。」

「哈哈哈，或許是喔，但還是有很多我做不到的事，棒球是很複雜的運動。」

「我同意。」

「就算邦茲有機器眼睛，也沒辦法保證他能打出單季一百支全壘打。」

「邦茲沒有機器眼睛就比你強多了，哈哈哈哈。」

哈伯對小虹笑了一下。

腳踝不舒服的時候，哈伯只能減少進壘的企圖，偏偏愈接近季後賽，球隊卻輸得愈多。上週比賽連贏三場之後，球隊突然像是不知道如何打球一樣頻頻失誤，讓球迷氣得把寶特瓶和沒吃完的便當丟到球場裡。不是壘上的跑者因記錯出局數而被觸殺出局，就是打者追打明顯的壞球，球迷忍不住在場邊大喊：「這種的叫做職業仔喔？」

看著隊友們連連失誤，哈伯的心情也跟著低迷起來。總教練是出了名的嚴厲，比賽結束後，他會把表現差的球員叫到面前一陣責罵，那些被罵的球員隔天只能坐在總教練的旁邊，連廁所都不敢去。愈靠近季末，教練的臉愈難看，一些狀況不佳的球員漸漸上不了場，改讓有企圖心的年輕選手上場，終於在接近九月底時停止連敗。哈伯是唯一沒有坐冷板凳的主力球員。

但情況並沒有就此好轉。

「去你的！你真讓我驚喜耶，尼爾森。你看著該死的外角球，然後揮棒？不可能，你從沒對外角滑球出棒過，從來沒有！」一天賽後，哈伯跟在尼爾森後面走進更衣室，又急又氣地抱怨著。

「停下來喔，兄弟，不過是個三振而已。」尼爾森轉過身，睜大雙眼瞪著哈伯。

哈伯走到自己的櫃子前，決定先坐一下。他知道自己快要氣炸了，等等還要跟尼爾森待在同一個房間，他無法當作一切都沒發生。他今晚不想回去宿舍，至少不要太早回去。

三天後的比賽，投手投出的球竟然飛過主審的頭頂，捕手撿到球時，三壘跑者已經回來得分，比賽結束。哈伯當場就把手套砸在地上，散場後還把休息區的垃圾桶踢翻，想到自己今晚打的三支安打都沒能阻止這顆離譜的暴投所帶來的結果，他雙手摀著臉深深吸了好幾口氣。

哈伯最後一個走出球場，他無視所有球迷，頭也不回地坐上停在外面的計程車。

那天之後哈伯就沒再去過球場。他敲敲小虹的房門，進去告訴小虹他人不舒服沒辦法比賽，不過休息幾天就會好了，請她轉達給教練。當他轉身要離開小虹的房間時，想起前幾天看到的畫面。

「嘿，彩虹，妳前幾天有到球員更衣室嗎？跟妳一起的還有三個穿條紋襯衫的人，他們是誰？」

「什麼？什麼人穿條紋襯衫？」

「三個男人啊，手上拿著一包紙袋，在更衣室裡跟很多人聊天，你們在說什麼啊？好像是開心的事。」

「你確定看到的是我嗎？哈哈哈，你知道的，我賽前很忙，那不是我。」

「噢，那沒事，我該睡了。晚安，彩虹。」

「晚安，哈伯。」

哈伯很長時間都坐在宿舍陽台的椅子上，看著街上來來往往的車輛，想著小虹剛才的神情，也想著自己正用不被允許的方式出賽。當初體檢時，檢查人員沒有發現他眼睛的異狀，視力檢查的過程出乎他意料地快速和簡單，只用一塊黑色板子輪流遮住雙眼。哈伯通過檢查後去廁所照鏡子，幾乎要開始相信那隻眼睛真的是身體長回來的。不過哈伯依然會迴避任何與他對視的目光，這已經變成習慣。想著想著，哈伯的腦袋裡突然一聲爆炸，曾經籠罩過他、不知道怎麼描述的恐慌感又像上升的潮水一樣湧來。他知道小虹認識那些人，他相信自己的眼睛跟直覺。哈伯聽說過別隊的傳聞，幫派份子押著球員配合打假球，生命遭受威脅的風聲從沒停過。但向來嚴格的總教練應該不會讓這件事發生在球隊裡，至少哈伯是這麼認為的。

愈回想這幾天的比賽，他愈覺得奇怪，總教練一如往常在場邊走動，責罵失誤的球員，選手們因為不佳的戰績和總教練的脾氣，都不敢在休息區開玩笑。但除此之外總覺得還有什麼奇怪的地方，哈伯說不上來。

或許是球場上最單純的部分開始變質了。比賽時教練下的暗號每個人都能理解，該做的事也只有一件，就是好好執行戰術、好好比賽，哈伯不理解為什麼中外野後方會突然有煙火，為什麼煙火一放完就有人被三振？哈伯不明白為什麼會突然有人揮舞大旗，從左外野看台跑到右外野，難道是球迷們的娛樂嗎？會不會教練、尼爾森和其他球員之間有另外一套哈伯不知道的暗號？他也同時發現，比賽完回到更衣室時，看見陌生人的頻率變多了。

這些問號困擾著哈伯。

但有一次，他站在右外野的草皮上，一顆球朝著他飛來，哈伯先往前跑了幾步，才發現球飛行的速度並未減慢，仍持續朝他的後方飛去，他急忙往後追，球離他愈來愈遠，一路滾到全壘打牆腳下反彈，從中外野跑來補位的尼爾森撿到球後用力往二壘手的方向丟去，跑者已經抵達三壘。

「抱歉，我沒看到球。」哈伯幫尼爾森撿起帽子。

「專心一點，兄弟。」

尼爾森那時的補位是真心的嗎？還是怕劇本被打亂？

哈伯因腳傷需要暫停比賽休養的那晚，他和尼爾森在宿舍裡起了爭執。

「你還好嗎？」尼爾森帶著披薩回到宿舍。

「再休息個幾天就好，不是什麼重要的事。」

「吃點東西吧。」

晚餐時間，兩個人就著寢室裡的小桌子一邊吃晚餐，一邊看電影。

「你父親的狀況有比較好嗎？」

「還不錯，至少一切都在恢復。」

「錢沒問題吧？」

「當然，上個月的最有價值獎金，老闆給我滿多錢的。」

尼爾森說完看了哈伯一眼，繼續低下頭吃東西。

「那天小虹是不是帶著三個男人，穿花襯衫的，在更衣室裡找人聊天，你們在聊什麼開心的事？」哈伯看著尼爾森，尼爾森咀嚼著嘴裡的食物，眼睛盯著電視，像在整理腦袋裡的話。

「沒什麼，就只是老闆的朋友，可以說是股東吧。」

「真的？那老闆呢，怎麼沒看到他？」

「嘿，兄弟，你想說什麼？」

尼爾森將披薩塞進嘴裡，思緒卻很混亂，不知道自己到底吃進了什麼。

對不起，哈伯，我不能告訴你這些事，但我卻必須這麼做，你知道的，沒有什麼事比我爸更重要。然後第二重要的事是：賺大錢。賺多一點錢不是什麼壞事吧？我們來這裡的原因，不就是為了領比小聯盟更多的薪水嗎？噢，拜託，球員生涯才多長，我想賺多一點錢回家。可能，我以後能開個餐廳什麼的，無所謂。哈伯，打球或不打球，對我來說真的一點都不重要，我們都會離開球場，發展新的生活。我父親的時間快到了，我必須這麼做。

告訴你，當我看到彩虹手裡那袋子裡的錢，我發誓，我真他媽沒看過這麼多錢，我無法控制我的手。我相信你一定也沒看過那麼多錢，如果你看過之後還堅持那些無聊的原則，那你一定是個蠢蛋。

原本我得存好久才能寄一筆錢回去，我媽一定很高興看到那筆錢。我真的覺得自己非常好運，我是幸運小子。

打一場比賽拿的錢可比你打一整個賽季，你還在等什麼？如果我突然被開除了，我也不會沮喪，我會回到小聯盟。如果真的被發現了，這裡的法律在美國一點用也沒有。

彩虹向我保證，不會有人發現我們。很奇怪，大家都很奇怪，不是嗎？多美好的一件事。在球場上錯過一顆好球有什麼好生氣的，你都不知道已經錯過多少好事，我可是把它緊緊握在手中。

輸掉球賽也不是因為我的揮空，我們是個球隊，哈伯，當個聰明小子。現在，誰不知道我寄了一大筆錢回家。一起演場戲嘛，你也能當個好演員的。

「尼爾，我不敢相信你參與這種事。你真的錯了，你犯了大錯！」哈伯對尼爾森大吼。

「嘿，哈伯，冷靜。是球員就找得到球場，下個球季我可以回美國，或許我打完這一年就結束了。」

「你知道我在說什麼，你是個罪犯！」

「你去告訴大家啊，告訴大家我是罪犯。」

「尼爾，我先說，我不想失去你，兄弟，但我也不會背叛棒球，絕不！別把我拖進去。」

「兄弟，只要你不說，我就不會是罪犯，好嗎？哈伯，我尊重你的決定，等球季結束，我們都會離開這裡，我們從不屬於這個地方，只是打球賺錢，如此而已。任何地方都一樣，沒人會記得只待一年的棒球員，我們可以走，走得很乾淨。」

「身為棒球員，我們不能欺騙球迷。」

「這個跟我有關係嗎？噢，拜託！我只是遵守這裡的棒球規則。」

「你還要繼續？尼爾。」

「當然，我們球隊超強，就算輸個幾場依然能打進季後賽。不當演員時我可是很強的。」

「尼爾，你何不一直都很強？」

「我是人，跟你比起來我比較像個人。他們當然會讓我們打季後賽，你知道嗎？季後賽打一場的價格是雙倍，雙倍！兄弟。」

「去你的！」

哈伯知道例行賽一場是五十萬，季後賽一場則是兩倍。

「兄弟，等你回來球場，讓我們一起慶祝冠軍。」

「閉嘴，尼爾。」

整晚他們兩人沒再說話。

季後賽前一個禮拜，哈伯總算歸隊。沒有比賽的期間，哈伯仍在基地努力練習，或許他已經說服自己，打完全部比賽就馬上離開這裡。

只差三場比賽，球隊就可以晉級。在哈伯缺席的日子裡，尼爾森支撐著打線，教練一改往常的模式，牛棚投手群接力上場，意外收到很好的效果。哈伯的回歸，讓球隊的鏈條轉得更加順暢，媒體也爭相報導。這支球隊已經好多年沒有晉級季後賽，哈伯歸隊後，現在只差臨門一腳。

愈來愈多雙眼睛注視著接下來的發展，哈伯知道不能再等待，他必須去做好該做的事。

W隊三場比賽都拿下勝利。比賽中，哈伯總在關鍵時刻敲出安打，在最後一場還打下勝利打點，當紅色彩帶從四面落下的瞬間，哈伯看著天空，想起父親，想起自己不可思議的過去，不禁熱淚盈眶。尼爾森想將他抱起，但哈伯推開他，尼爾森獨自跑向投手丘方向，哈伯在後面小跑步，跟著大夥一起慶祝這勝利的一刻。哈伯沒有忘記自己跟尼爾森那天的爭吵，但此時大家都抱在一起噴香檳、啤酒，他也跟著拿一罐啤酒噴灑隊友，尼爾森跟隊長輪流拿著隊伍的旗幟繞場，感謝球迷一年來的支持。

熱情的球迷兩個小時後才離開球場，大夥到更衣室裡洗澡，整間更衣室都充滿啤酒的氣味。球員們陸陸續續往球隊巴士走去，途中仍和還沒回家的球迷們拍照、簽名和揮手。等到球員們都上車後，司機開車，許多球迷騎著機車跟在巴士後頭和左右兩側。路程上，車輛塞滿道路，連機車都沒辦法在縫隙穿梭。他們到達飯店的時候，早已有球迷在大廳門口拿著禮物、宵夜，準備慰勞辛苦的球員，或是等著跟球員要簽名球。哈伯快步走進飯店，途中被一位球迷強塞食物，他沒有理會後方要簽名的人潮，快速走向電梯。等電梯的同時，他將手上那包食物丟進一旁的垃圾桶，只留下袋子裡的卡片。

他確實疲累，在激情過後，交感神經還不能冷卻的狀態下，身體愈來愈沉重，但思緒依然清晰。他又沖了一次澡，然後躺在床上，這時尼爾森才帶著幾包禮物回到房間，問他等等要不要一起去酒吧喝兩杯，哈伯拒絕了。

「嘿，兄弟，你很久沒跟我去喝一杯了。」

「不是今天。」

「好，你這渾蛋。」

哈伯走到樓下小虹的房間門口敲門，小虹把門打開。

「嘿，哈伯，你的腳又需要按摩嗎？」

「不，它好得很，呃……我們能講一下話嗎？」

「當然，但等我十分鐘。」

「好，在頂樓。」

「好，等等見。」

哈伯來到頂樓，水塔後方有一張桌子和三張鐵椅子，那是平常球員們抽菸的地方。約莫十分鐘後，小虹緩緩走來，拉張椅子坐下，身上還穿著球隊外套。

「嘿，妳還好嗎？很累吧？」

「對，我快累死了。」

「妳真的幫我們很多，謝謝妳，彩虹女孩。」

「別再這樣叫我，哈哈，大家都快完成任務了，差一個冠軍獎盃。」

「對，冠軍獎盃。」

「嘿，哈伯，你知道老闆說要跟你續約到明年。」

「噢，我要告訴妳一件事，我要回美國了。」

「為什麼？」

「我覺得這裡沒有想像中那麼好。」

「但你創造了很棒的回憶。為什麼？」

「我想家了，我爸過世之後，我想多照顧我的母親。」

樓頂的氣溫和平地不同，有時哈伯會往樓頂去，一待就是整個夜晚，他喜歡在高樓俯瞰一切的感覺，他想像自己是一隻鳥停在屋簷。

「好吧，那好好把球季完成，拿到冠軍……」

哈伯突然伸出右手輕輕握住小虹的左手，用他深藍色的雙眼看著小虹，他的右手拇指在小虹的手背上緩緩移動，然後握緊。

「彩虹，妳願意跟我去美國嗎？」

小虹嚇了一跳，看著哈伯，不知道該怎麼回應他。

「我喜歡妳，想帶妳一起去美國，我真的想這麼做！」

「等等，哈伯，你是認真的？」

「當然，我是認真的。從山上那天開始，我就迷失在妳眼裡了。」

小虹的手還在哈伯的掌心裡，在涼爽的夜晚，她冰冷的手第一次不用戴手套也能感覺溫暖。

「在這裡，我就必須得改變，我不想改變，所以我想帶妳到美國去。」

「哇嗚，原來你這麼自私。」小虹把哈伯的手移開。

「彩虹，尼爾都告訴我了，這很危險妳不知道嗎？妳肯定知道。」

小虹望著遠方，髮尾被風微微吹起，哈伯聞到一點點洗髮精的味道。

「哈伯，這裡沒有危險，我不知道你在說什麼，我也不想跟你去美國，不好意思。」

哈伯的藍眼珠在燈光不足的夜裡變得黯淡了，都市的聲響像是低傳真音樂般在夜中蔓延。哈伯說不出話，靜靜地看著小虹的側臉，等到小虹轉過頭時，他發現曾經存在小虹眼裡的光，似乎已經不存在了。

「哈伯，我喜歡你，但我們可以只當朋友就好嗎？」

「噢，沒問題……沒問題。」哈伯露出尷尬的微笑。

職棒年度總冠軍戰，W隊以三勝兩敗暫時領先E隊，哈伯在前五戰扮演稱職的中心打者，每一場都有貢獻打點，前一場更是打出兩分全壘打，讓W隊領先到最後拿下勝利。第六場比賽那天，距離W隊出發至球場的時間只剩五分鐘，大家都在飯店大廳集合，唯獨沒看見哈伯。

「嘿，彩虹，妳有看見哈伯嗎？他剛跟我說去買咖啡，太長時間了吧，打電話也不接。」尼爾森問小虹。

「三點才出發，別著急，也許等下就出現了。」

「我去抽菸。」尼爾森走到飯店外，幾名隊友在那裡，尼爾森也點起了一支菸。

午後三點八分，哈伯還是沒有出現，大家正在焦急討論該怎麼辦時，戶外的一聲巨響奪走了眾人的注意，在飯店大廳等待的所有球員紛紛跑出來查看。停在路邊的轎車上，一個男人從高處掉落，將車頂及擋風玻璃砸壞變形，像一顆威力十足的隕石把地面撞出了洞。路上有人嚇哭，有人尖叫，有人低頭快步離開，沒有人真正停下腳步去查看男人的樣子，直到尼爾森跪在地上，大家才知道他們等待的人就在眼前。哈伯的右眼窩流出鮮血、眼球消失，脖子斷裂、手臂變形彎曲，大腿骨穿出肌肉和皮膚，樣子就像一具被人摔在地上的木偶。小虹緩緩走向尼爾森，將正在哭泣的他扶起，再走近哈伯。午後的陽光熾熱地燒著柏油路面，小虹呆立在哈伯面前，直到警察和救護車抵達時才被驅離，但她的視線始終停留在哈伯身上。其他球員已經搭上巴士前往球場，小虹必須一起過去，她是防護員，治療球員是她的工作。

路面上到處都是噴飛的玻璃碎屑和汽車零件，她走向停車場，瞥見路邊一顆球體，球面折射著光。她靠近蹲下看，這才驚覺哈伯說的故事是真的，深藍色球體的褐色中心就像是在凝視她，她迅速將它放進衣服口袋裡。

打開車門，車內的熱氣瞬間包圍住她，她坐上車，沒有馬上發動引擎。

駕駛座上的小虹腦子裡一片空白，只聽到自己的心跳聲，她轉頭看向副駕駛座，想起這個位子曾經坐著一個熟悉的生命，現在永遠地失去了。她拿出口袋裡的球體，上面還沾著血跡，球體後面有個插槽，難道是能把哈伯的記憶取出的地方？小虹知道哈伯跟尼爾森不一樣，想起剛才哈伯不自然的姿勢，她不敢再想下去。

三點半，不能不前往球場了。她將深藍色小圓球緊緊握在掌心，想著球季結束後，或許她會知道怎麼打開這顆鐵球。她想看看哈伯看見了什麼，還有在他的眼裡，自己是什麼樣子。現在這個東西已經完全屬於她，連同它的祕密、它的過去和現在。哈伯就像一顆彗星，小虹擁有了他散落的一部分。

朦朧的午後大街上，每輛車都在冒煙，行人快步離去，這個世界又迅速地回到三點八分前的樣子。

最後的太陽

我想到工廠裡剩下的那五只尚未完成的太陽牌手套，
意識到我或許要變成這世界上最後一個做太陽牌手套的人了。

這裡打棒球的小孩沒有人不是拿阿善師做的手套，阿善師的工廠聲會把賴床的孩子叫醒，我們會在「噠噠噠」的聲響中走過工廠門口，阿善嫂會坐在一堆手套前跟我們揮手，有時還會拿拜拜的鋁箔包飲料請我們喝。我對阿善師的印象都在我手上的這只手套。剛拿到這只原皮色的手套時，每一塊皮革都拉平整齊，手套的表面除了縫線之外沒有多餘的設計。每根手指上的縫線都工整且毫無差距，當手伸進去的時候，掌面的牛皮讓手掌像壓在一塊海綿上，使手掌跟手套貼合，每顆滾地球都能被我「放」在手掌上。這只手套支撐我十年都沒有崩塌，而且棒球手套是我唯一能夠記得阿善師的物件，自從他消失之後，沒有人知道他往哪裡去。

巷口的手套工廠每天都會發出「轟轟轟」的聲響，放學回家時我們可以聞到皮革夾雜著潤滑油的氣味，幾乎整條巷子都充滿這個味道。每天早上阿善師總是戴著眼鏡站在巷口抽菸，我從不知道他在多早的時候就把工廠的鐵門拉開。我記得他抽菸的樣子，他會若無其事地看著天空，然後再緩緩吐出煙，每次抽完菸之後會把菸蒂丟在電線桿下，再慢慢走回工廠。當我升上國中，中午準備去練球的時候，會看見阿善師跟阿善嫂帶著便當盒一起從巷子裡走出來，往堤防的方向走去，他們會在堤防下吃午餐順便餵野狗。

阿善師的工廠不大，大概就是一間教室的大小，但地上、桌子上全部擺滿籃子，裡面全是手套。工廠的招牌用標楷體大大地寫著「德善企業」，下方寫著「棒壘球器具、球具訂製，歡迎各級學校洽談」。阿善師只做跟棒球有關的東西，諸如球棒、棒球、釘鞋，主要就是手套。除了阿善師跟阿善嫂，聽說曾有一位師傅到花蓮當教練了，其餘的三人是從年輕時就跟著阿善師工作的手套師傅，還有一位跟阿善嫂一起負責裁縫的小玲姐。

阿善師沒有小孩，聽說阿善嫂年輕時流掉了，阿善師不想再看見她傷心難過，決定過著沒有孩子的日子。阿善嫂將頭髮往後梳綁起來，戴著老花眼鏡坐在裁縫機前面縫製一個又一個皮革的接合。村裡的人都說阿善嫂的手藝是世界級的，她縫合的手套從沒有被阿善師嫌棄過。小時候只要棒球褲破洞都會拿來給阿善嫂修補，縫補過的地方幾乎像一件新的。而阿善師呢，他會坐在角落顧著一台機器，手上壓著一塊又一塊皮革，機器壓下去後，高溫使皮革烙印上圖案，這時阿善師會拿起來看，彷彿在看一塊玉石。他不像阿善嫂需要一直坐在裁縫機前工作，阿善師在燙印完皮革之後，會走到整形器前準備做手套初步的整形。整形器長得像是一排擺在地上的暴龍牙齒，溫度接近兩百度，能讓皮革在整形時略微軟化。阿善師用手在皮革上折、拗、攤開，再拿槌子敲打，他短小又厚實的雙手沒有停下來過，一個早上腳邊三個籃子的手套都等著他整型。阿善師使力時的表情像是在大太陽底下牽著爆胎的機車，他不發出聲音也沒有任何情緒，只是注視著手套的每一面，並將整形好的手套送去下一站放置填充物和穿線。

有次臺北下訂的一批成品出了差錯，阿善師和阿善嫂二話不說把所有手套拿來我們學校，我們看著那些手套並不覺得有什麼問題，後來才知道是手套的內裡多打了一個洞，所以整批不能交貨。阿善師損失這批手套後並沒有多說什麼，只是找了幾位其他工廠的手套師傅支援，默默在週末趕工到接近午夜，不到一個禮拜的時間，一百個手套又重新裝進箱子裡。

整完形之後他會在一旁等待，將放置填充物和穿線的工作交給其中兩個男師傅。每天工作接近尾聲時，阿善師會坐在工廠鐵捲門口看著外面那條小路，路面被染上淡黃色，一群孩子會在這時候陸續經過門口，一天就這麼過去了。高中畢業後我先去當兵，退伍後某天晃到阿善師的工廠外面，看著他們工作，那天我終於知道自己能做什麼。

高二時把肩膀丟壞的我，在高三那年幾乎沒有比賽可打，教練直接不幫我報名比賽，這感覺就像有人忘了叫你吃飯。壞了就是壞了，當時連右手都拿不起蓮蓬頭的我一句話也沒說，總是等到所有人都洗好澡後我才獨自進去浴室。受傷之後，我連隊內分組比賽都沒有太多上場的印象，每天中午在教室跟同學一起吃飯，然後去球場練習，憑著一成不變的生活作息去定義自己的高三記憶，事實上許多畫面我都不願再想起，反正我也沒在聽課，同學被職棒選走時我也沒有想法，只有「這樣啊」的感覺而已。教練覺得我是學長，於是把代理教練的任務交給我，講簡單點就是生活管理。事實上我都知道，哪些人在背後說我是一隻教練的狗，但我從沒把他們找過來痛罵一頓。

畢業不久後我剃了頭進營區，當兵時身體很累但心裡很空白，我經常有一搭沒一搭地想著未來要做什麼，每天想每天想，直到退伍那天還是什麼都不確定。回到家後，我常吃飽飯後在家附近的巷道間散步，高中離開臺南後我並不常回家，不過街道大致上沒有改變，記憶中的空間感也沒有出現任何模糊，就只覺得路好像寬了一點，小時候好像不是這樣。

我經過阿善師的工廠，中午過後機器開始運轉，阿善嫂的眼鏡架在鼻翼上，眼睛沒有離開過手指上的皮革，阿善師在角落用機器「噠」、「噠」、「噠」地壓在皮革上。我站在小路對面看著他們做著各自的工作，然後阿善嫂看見了我，問我吃飽沒、什麼時候回來的，又問我為什麼一直看。

「我來看恁做工課。」

「你欲坐佇彼个椅仔看無？」

「好。」

工廠裡的溫度很高，能感覺到汗從肩膀、胸口往下流，突然有個念頭閃過我的心裡，像是一隻從電線上起飛的八哥。「阿善嫂，恁遮敢有欠跤手？」隔天我就到阿善師的工廠上班了。

阿善師的語調和聲音已經和我小時候的印象錯開了，此刻阿善師的聲音像沒有對頻的廣播，在我旁邊一步步教我如何整理訂單。「你愛先共逐張訂單的數量點清楚，煞落來才來對（tui），看是佗一个號碼。」他指著型錄上的手套編號，我才發現阿善師的訂單種類真是多到不行。第一個禮拜我都在記型號，從少棒到青棒、從量販到個人訂做的手套都要分類好。訂貨單的板子總共有三、四塊，每做完一單、檢查完才會將一個板子裡的單全部取下。七月的第二個禮拜，正在做第三塊板子。

阿善師在職棒初期創立自己的品牌之後就不再幫人代工，他的手套「SUN」第一次出現在體育用品店的玻璃櫃時，是陳義信二度拿下勝投王的隔一年。那時候臺南棒球場只要有比賽，阿善師跟阿善嫂兩個人就會開車載著兩袋手套到門口擺攤，我還記得家裡曾經拿過阿善師賣手套的廣告單，上面寫著「打球用太陽，比賽袂輸人」，但比賽總是有輸有贏嘛。我升上高中轉練投手後的第一個太陽牌手套是檸檬黃色的投手手套，那個手套我在體育用品店看了很久，回家後媽媽帶我到阿善師的工廠問有沒有一樣的可以買，順便要一些「撒米斯」。

阿善師的手套有一種香味，那是別牌手套沒有的，我一直記得那個味道，那味道像是蛋糕上的奶油。只是那只手套在我高中時被球場的野狗咬破一個大洞，當時我氣得想拿棒子打爛牠們的頭，但看到牠們對我搖尾巴就放棄了。球隊放假後我回到臺南，媽媽又帶我到阿善師的工廠買手套，是一只原皮色的投手手套，也是我當球員時的最後一只。

現在換我在工廠裡看著經過的小球員們人手一只太陽牌手套，想起過去打球的日子裡我也曾這樣走過門口。來到工廠的第一天，我就拿起手邊的手套來聞，「嗯，還是以前的味道。」我問阿善師從什麼時候開始學做手套的，他跟我說起那個打完柏青哥的午後。

彼工的色水應該是柑仔色的，我恬恬仔看車路頂懸來往的車，我坐佇門口的樓梯頂，然後我毋知影煞落來欲去佗位，想著來去溪仔邊趖趖咧。我對溪仔邊去，騎著我的鐵馬，這條駁岸邊的路直直、平順，連細粒石頭攏無，不時會看著幾隻水牛佇樹仔跤歇睏。國校畢業了後，我就無閣騎過遮爾遠的路，我就是一直踏，我共家己講，若無路就停落來，然後才閣去揣別條路。我看著有兩塊球場佇橋仔跤，喔，原來遮有棒球場。我將鐵馬牽落去駁岸，棒球場有比賽咧拍，看起來應該是少棒。一粒ファウルボール（界外球）對我的頭殼頂飛過，我知影家己想欲做啥物矣。就佇咧比賽結束了後隔轉工，我佇報紙頂懸揣廣告，尾手予我揣著一份做手套的工課，彼當時我綴著一位去日本學做手套的老師傅，就按呢共伊的所有機器佮技術接落來。

這些是阿善師告訴我的，工廠裡看得到的機器都是他用小貨車載過來，後來他彩券中了五十萬，決定開一間工廠自己來做。那位老師傅在教完阿善師之後就退休搬到日本生活，離開前還跟阿善師說臺灣的手套不會輸日本，要努力維持。或許這是阿善師這麼固執的原因。

跟著阿善師工作就像在當兵，從製作手套的前置作業開始，阿善師會像是監視器在一旁不出聲，直到真的看不下去了才會過來趕我起身，坐下來做給我看。皮革的選擇必須沒有皺褶，就算是最便宜的手套也不能亂選，我想起小時候那些拿著便宜手套的隊友，記憶中我好像嘲笑過他們。

掌面的皮、表面的皮、內裡的皮各有差別，耐受度最好的會放在掌面，表面的皮要選擇最漂亮的皮卻不一定是最耐磨的。手套內裡的皮，阿善師最要求這層皮的觸感，他會閉上眼睛，順著摸過一遍再睜開眼。「愛選手掛入去親像佮家己握手。」自己跟自己握手是什麼感覺？我想起跟媽媽牽手的記憶，小時候她會帶著我穿過長長的田埂，那是遲到時去學校的小路。

阿善師的太陽牌手套最紅的時候已經距離現在十幾年了，國外的大牌子開始往海外代工時，找上了阿善師。那時日本手套公司向阿善師開的價碼是他兩個月的利潤，除了我以外的員工都希望阿善師能夠接下來，即使工作量大增也無所謂。阿善師考慮了三天之後，還是回絕了日本公司的提案，他只想做好自己的手套。從那天開始，阿善師的訂單莫名其妙地少了三分之一，原本說好的訂單突然取消，連阿善師也不知道為什麼。之後阿善師的手套訂單愈來愈少，沒多久就發現附近的少棒隊都開始用日本牌子的手套了。不只是手套，連球衣、釘鞋和球棒都全部換新，太陽牌手套在人們的眼中就像被抹去的一道白線。

「日本的牌子有啥物好？師傅你的手套就足好用矣。」

「日本的牌子想欲拍入咱臺灣市場，刁工來遮共全部學校的裝備攏總換新的，趁機會共咱的人客攏提去。」

「日本人真正足袂見笑。」

「無法度啦，生理人就是按呢。」

以為這事要告一段落時，某天上班我沒看見其他三名師傅。

「走矣。」

阿善師只說了這句話，就繼續做他每天的工作，好像這件事跟村裡的狗走丟一樣平常。

工廠剩下我跟阿善師，還有阿善嫂和小玲姐。我從未對阿善師說過我的想法，不過我記得第一次用阿善師的手套時，我覺得再也沒有什麼球是我接不住的了。媽常說夠用就好，好像只要超過一點點就會有什麼東西開始崩壞，所以夠用就好。那年的年末沒有聚餐，阿善師和阿善嫂提早回屏東過年，最後一個離開工廠的是我，我看著鐵灰色鐵捲門「鏘」一聲落地，冬天就快結束了吧。

開工那天，那三位離開的師傅像沒離開過似的站在他們原來的位置，有說有笑地交談，我看向阿善嫂，她戴著口罩，雙眼像是剛哭過一樣。我看到地上放著大包小包，「趕緊做工課。」阿善師從我背後走過，交給我一份資料。「共較早的方式仝款，只是這塊標仔的色水愛注意，莫貼毋著。」阿善師坐在他的辦公椅上整理這個月的新訂單，工廠的運作又和之前一樣。

這些手套沒有個性，如果我是選手我不想用它們。我問阿善師那太陽牌手套呢？他沒有回答我。我偷偷跑去皮革區撫摸那批新來的皮革，學阿善師閉上眼睛，閉上眼睛時我所有的知覺都靈敏許多，包括我的悲傷。不出意料，這些並不是牛皮，是摸起來很像牛皮的豬皮，用久了就會發現這皮質的缺點。

「師傅，太陽牌的手套敢有閣欲做？」我趁所有人都離開，只剩阿善師夫婦還在的時候開口問。

「有啦，加減仔做，可能共賰的料做掉就收起來。」

「師傅，你敢無想過換一个設計，參考別間的設計，重新共手套用新的模樣閣重來一遍？」

「我已經無體力閣想遮有的無的。」

「我有熟似的人咧做設計，會使對這塊標仔重新設計。」

「莫啦，莫閣無閒。」

我們之間陷入長長的沉默，我看著阿善師和阿善嫂像是凋落的五節芒那樣低下頭，連氣色都昏黃許多。

「睶的料閣會使做偌濟手套？」

「上濟閣做一百个。」

「按呢我想欲家己做五个，用我兩個月的薪水。」

阿善師看看我腳邊的籃子，再看看我頭頂後方的架子，又看看我身後那片鐵灰色捲門，就是不看我。

中午時刻我走到其中兩位師傅旁邊，問他們：「哪會閣轉來？毋是欲走？轉來創啥？若無愛佇遮做就走。」兩位師傅看看我，說：「阮的工課就是做手套，管伊是啥物牌子的手套，少年吔，咱日子愛過，管好你家己就好。」

「遐的手套恁家己做，我只想欲做師傅的手套。」

如果這是世界上最後一百只太陽牌手套，那我希望我能保存一部分的它們。我打算分別做一只捕手、一只內野手、一只外野手、一只左投手和一只右投手的手套。我選擇想要的皮料自己裁切形狀，選擇我想要的配色跟球檔。

看著為數不多的牛皮，我決定每只手套都做成單一顏色，並在捕手的內裡加厚。我為五只手套選擇帶皮，選擇和它們本體搭配的顏色。捕手我選黑色，內野手選紅色，外野手選原皮色，剩下的兩只投手手套，我選擇了檸檬黃和橘色。

我把日本品牌的手套交給其他三位師傅做，專心負責太陽牌手套的生產。慶幸的是，阿善師向認識的人、附近的學校透露要收掉品牌之後，馬上湧入許多訂單，經過計算，最多只能做出九十只手套，這九十只手套馬上被搶訂一空。我想不是因為阿善師的手套被大家喜歡，而是因為幾乎是半價出售。阿善師將製作太陽牌手套的工作交給我的那天，他的眼神裡流動著一些什麼，但我不知道該怎麼回應。

「嘛是愛做予好，愛較頂真咧。」

我把自己的五只手套留到最後做，和阿善師、阿善嫂三個人全心製作那九十只手套。我知道只有三個人做，很難在四個月裡做出九十只訂製的手套，所以當阿善師夫婦回家後，我會在吃過晚飯再回到工廠趕工。我會將隔天要用的皮片先裁好，仔細回想阿善師第一天是如何教我裁皮片，照著他的步驟在腦海裡演練一遍，接著在皮革台上攤開每一面牛皮，從左邊順著牛頭的部位一路摸到牛尾。

「尻脊骿的皮適合园佇接球彼面，你摸看覓，是毋是較韌、較實在，愛記得。煞落來，這部分是腹肚，你這馬共目睭瞌瞌，用指頭仔摸看覓伊的表面，敢有摸著油的感覺？」

這部分不要搞錯了，阿善師最在意的就是這件事，再來才是縫線的工整程度。

摸到牛肚時，我試著將手掌貼著它壓下去，壓深一點，好像那塊皮革的油都黏在我的手上。我摸過一塊皮再摸過一塊皮，熟悉每一塊皮的紋路、毛孔、皺褶。一個手套師傅必須學習這些，記得它們的氣味和毛孔，用他的手而不是眼睛。我將皮革放在燈下仔細地看，把鼻子湊上去聞，藥水染劑的味道充滿整個空間，過去我沒有發現的事都在此刻浮現。

「你會為了保護所愛的人，而用自己的背去抵擋一切危險嗎？」當我帶著M在夜晚的工廠趕工時她這樣問我，我握著她的手摸著背部的皮革時想起師傅說這塊皮革是牛隻身上最強韌的部分了，通常會放在接球面使用。

「會吧。」接著我帶她撫摸到牛的肚子，即使這動作已經做了上百遍，我仍然會在每次裁切前都做一次。

「這間工廠就是阿善師跟阿善嫂嗎？」

「什麼？」

「我說這間工廠就是阿善師和阿善嫂嗎？」

我握著M的手在牛的肚子上停了很久，接著我把她轉過來面對我。

「妳要跟我一起做手套嗎？像阿善師和阿善嫂那樣。」

「我想跟你一起把最後五個手套做完。」

五只手套做完後，M就離開我了。

北京奧運結束，臺灣的棒球也像是走入另一個世界。輸給中國隊的隔天，阿善師和阿善嫂去參加喜宴，我們跟平常一樣工作，但裁縫與整形的部分只能先空下來。當我晚上獨自一人在工廠裡練習如何整形時，鐵門突然被捲上去，露出一雙黑色的皮鞋、黑色的西裝褲，一雙大約是國中孩子大小的腳。鐵捲門上升到一半時，我知道是阿善師，他一身黑色西裝的樣子出現在門口，但我只注意到他的雙眼，像是被海風吹了一整天。

「師傅，你哪會佇這个時間來遮？」

「恁師娘轉去矣。」

「轉去？是去佗位？」

他走到阿善嫂的位子，右手摸著桌上需要阿善嫂裁縫的皮料，像是想看清楚般不斷眨眼睛。阿善嫂吃飯到一半突然趴在桌上再也沒有醒來，整個下午都待在醫院的阿善師最後還是沒能將阿善嫂帶回家。阿善師幾乎是用吼的，坐在裁縫機前痛哭。巷弄裡還是這麼安靜，阿善師的哭聲隨著工廠透出的光線，在巷弄裡緩慢流動著。

阿善嫂火化之後，阿善師回到工廠繼續工作，只是他每天都會忘記一件事，有時候忘了檢查縫線，有時候忘記壓掌面的鋼印。「師傅，這片皮無頓著印仔。」有天阿善師把阿善嫂的照片放在他佈滿灰塵的辦公桌上，以前他很少坐下來休息，現在他把桌面擦拭乾淨，每天中午都在桌上吃午餐。有時連飯也沒吃，就這樣坐到下午開工。我會走到桌子前雙手合十跟阿善嫂講話，希望她保佑工廠一切順利。

工廠缺的裁縫工得找人來補上，接近年末還有很多手套訂單沒做完，大家都馬不停蹄地工作，連抽菸的時間都沒有。一連來了三位支援的臨時工，全都是從其他工廠請來的阿婆們。縫製手套很困難，不僅要縫得工整，也因為皮革有硬度和厚度，所以一次縫合三層皮之後手會痠痛不已。雖然她們都已經是縫製手套二十年的老師傅，但阿善師還是打電話給廠商說寧願降價也要延遲交貨，沒過幾天這些阿婆就沒有來了。阿善師不喜歡這些阿婆縫製的手套，我們都不知道原因。從此之後小玲姐和我就常常在工廠加班，但心情好不好從做出來的手套還是看得出來。有天阿善師拿著手套兇小玲姐，要她看看自己到底在做什麼東西。阿善嫂那種等級的手藝就像是跟著她一起火化了一樣，找不到第二個。

最後的九十只太陽牌手套在七個月後的傍晚完工了。加班期間我向小玲姐學習如何車線，拿零碎的皮料來練習，我大概只能做到百分之一的進度，但能夠幫到小玲姐我還是很願意去做。雖然太陽牌手套依然是太陽牌手套，但收到手套的顧客都說用起來不太一樣，還是很好用，但就是有種說不上來的不同。阿善師抽菸的時候，夕陽將他的影子拉得好長，就好像躺下一樣。

我決定分成十天來做我的五只手套，吃過晚飯後我和M會回到工廠裁切皮片，拿著鐵槌敲敲打打，將皮片一塊一塊裁下來。工廠外安安靜靜，偶爾會有幾隻貓坐在外面看著我，M會給牠們罐頭吃。曾經我以為我的生活就是一成不變地隨著機器運轉，夢想在阿善師與阿善嫂的教導下變成一個厲害的手套師傅，存夠了錢就跟M結婚。

我將皮片分類好，接著從裝捕手皮片的籃子裡拿出掌面的那塊皮，開始印手套掌面的鋼印。每一下都是不可逆的程序，高溫的加熱器下去，掌面瞬間多了一塊圖案，SUN三個大字在掌面上攤開，還有一些餘溫，手放在上面很溫暖。「妳摸看看。」我將烙印好的皮片拿給M摸，M將手放在溫暖的皮面上，她說就像在冬天抱著睡覺一樣。

阿善師又出現在工廠門口。

「猶未轉去厝？遮認真喔。」

「無啦師傅，只是來做我家己的手套，無想欲佔著別人的時間，所以這馬來做。」

「按呢真好，你愈來愈成一个師傅啊，較早我嘛是按呢拚起來。」

阿善師這天說了很多話，我知道他喝醉了，原本站直的雙腳開始晃動，手裡還拿著一瓶紅標米酒。

「師傅，遮暗欲去佗位？這馬欲寒天啊，你愛穿較燒欸。」

「知影啦，我想欲去散步，想欲去看駁岸邊的狗仔。」

「好，師傅有啉酒就沓沓仔行。」

阿善師走後我和M繼續手套作業，但裁縫這件事我還是沒辦法做得夠好，我想隔天再請小玲姐幫我，我和M先將手套內裡的填充物準備好。

隔天我接近中午才起床，正想著上班遲到了，匆忙衝出門，跑到工廠門口時發現所有師傅和小玲姐都圍在門口，正在跟警察說話。

「發生啥物代誌？」師傅們走到電線桿旁抽菸，我趁機問。

「師傅無去矣。」

原來是小玲姐發現師傅沒來，打電話去也沒人接，於是去師傅家敲門，卻看到門沒關，但屋裡一個人也沒有，四處也問不到，嚇得趕快報警。我想起昨天晚上看見阿善師往堤防去散步，說不定他只是喝醉了睡在堤防附近，大家聽了都趕快出去找。

秋冬之際的溪床上全是五節芒，隨著風左右搖晃，溪床露出大量的石頭，只剩不到兩公尺寬的溪水緩緩流著。我記得小學自然老師說只要葉子像是稻草的都是禾本科，這變成我少數認得的植物。中午的太陽照得水面波光粼粼，警察和我們來回呼喊，堤防邊不時有鳥飛起，卻始終沒看見任何阿善師的蹤跡。大夥走了好遠，阿善師工廠裡的聲音、氣味，以及阿善師看待每一只手套時的神情彷彿飄動在午後的陽光裡。我在有如百米跑道的終點回望，想起工廠的鐵門沒有拉下來，機器還在運轉，如果不回去關掉可能會出事。

「小玲姐歹勢，我欲先轉去，我相信師傅只是毋知影佇佗位歇睏爾爾，猶有足濟物件愛等伊來收尾，伊一定會無代誌。」

我走在回工廠的堤防上，想起昨晚師傅對我說，我就快變成一個手套師傅了。我想到工廠裡剩下的那五只尚未完成的太陽牌手套，意識到我或許要變成這世界上最後一個做太陽牌手套的人了。長長的堤防像是看不見終點的公路，整條路上，一隻野狗也沒有。

後記

在小説裡建造一座球場

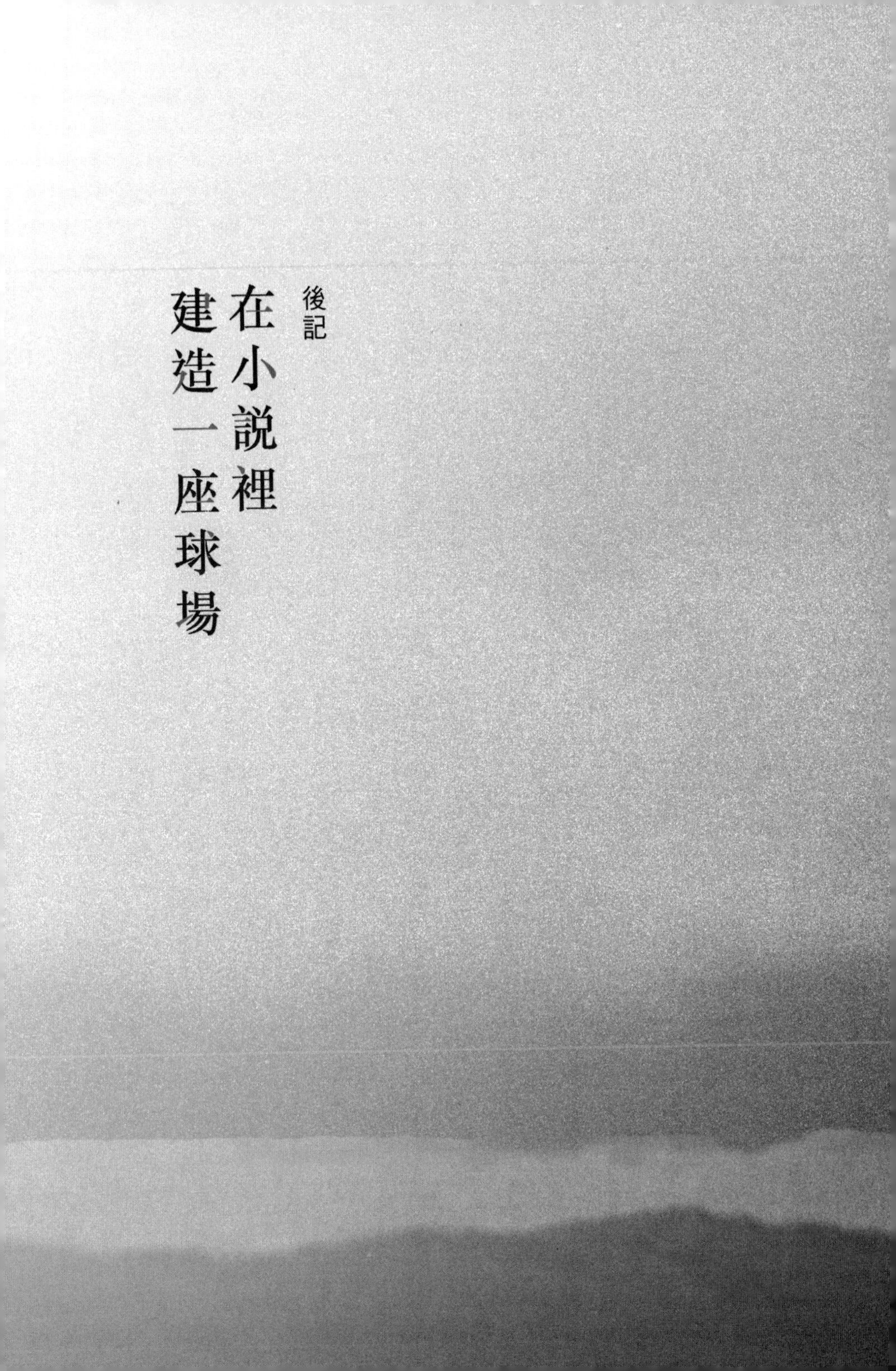

微風從美崙溪床的方向吹來，我摀著臉坐在棒球場的牛棚邊。午後兩點陽光照耀著身後的砂婆噹山，天氣很是炎熱，我能感覺汗水不斷從額頭冒出，剛剛才下場休息，我還陷在一股鬆軟的恐懼感裡，控制不了。

仔細回想「它」開始的時間，是在一次暴傳之後，我當下並不太在意，認為那只是一個意外。但每到比賽關鍵的時候，我總會突然想起那次暴傳，下一秒會有一道力量貫穿我全身，從心底蔓延至我的右手食指和中指，取代肌肉的所有記憶。我要將球回傳給投手時，意識會將時間拉長至十幾秒，在這十幾秒的時間裡，三壘跑者回來得分的畫面會出現在我腦中，於是我又再次暴傳了。

我傳到地上或是從投手的頭頂飛過，總之球就是不朝向他的手套。幾次之後隊友會露出一副「不能丟好嗎？」的表情，無論我如何地深呼吸、甩手，那種感覺依然像洗不乾淨的黏液沾滿我的全身。

那時我一臉無助地看著總教練，總教練老爹則很堅定地看著我。我處在意志崩潰邊緣，不能分辨他的眼神究竟是支撐的力量，抑或是一種殘忍。最後我受不了，喊了暫停，我向老爹揮手。

「把我換掉，我不行了。」

「不行，你要留在上面。」

「為什麼？這樣會輸，我傳不了球。」

「就是這樣。我給你自己面對，我不換人。」老爹講完這句話就逕自走回休息區。

比賽繼續，但我為了怕再傳偏，每顆回傳球都往前走幾步再丟給投手，同時用眼神牽制著壘上的跑者。當時的我沒有辦法解釋自己究竟怎麼了。

後來我才知道，這就是投球失憶症（YIPS）。

投球失憶症會讓原本習慣的動作突然發生障礙，幾乎是發生在一瞬之間。它出現時會有一些徵兆，首先我會感覺心裡迅速掉落一些東西，接著是害怕。我開始想像自己會失誤，導致球隊輸球，或是因為自己的失誤，給球隊添麻煩。接著一股「感覺」從指頭末梢開始往上爬，爬到我的右臂，然後是全身。當我傳球給隊友時，腦中失誤的畫面伴隨著「感覺」，在揮動手臂的同時我會感覺手臂正在向下墜落，像是無法阻止的土石崩塌，控制不住手中的球從食指和中指指尖離開，更多時候則是從無名指旁滑落，不知道它到底要飛去哪。

練習時不會出現這個問題，它總是在比賽途中或者比賽前閃現，我連預防的機會都沒有。一旦它出現，我就會突然變成一個不會丟棒球的小孩。我感覺到姿勢變得怪異，當下無論如何都做不到也想不起平常練習時的動作。

有段時間我會希望教練別排我上場，只是，人數不足的社團球隊沒有這樣的餘裕，所以我總是在心裡卑微地祈求上天，希望它晚一點來或別太嚴重。有時它像是籠罩地面的大雨，有時又像壞掉的燈管般閃爍。

「面對失敗，你要試著放過自己。」諮商師這樣告訴我。

像是某個結瞬間被鬆動，多年來一直困住我的東西，終於找到了。

透過諮商，我才明白這樣的投球失憶症是焦慮引起，內心的抵抗力承受不住外在壓力時，這樣的感覺會像洪水傾洩般壓垮我。

從小我就知道父親是國手，以前老家的頂樓擺滿了獎盃，全是我父親強悍的證明。或許因為是家族的第一個小孩，即便沒人要求，我仍然害怕失敗、害怕被責備。在我幼小的心靈裡，失敗了就是丟臉，會讓我爸在長輩面前難堪，於是在家裡、在學校，我都想盡力做到最好。小學時有次練球失誤，我身後傳來隊友的聲音：「他爸不是體育老師嗎，怎麼接不到？」聽到這句話，我只能沉默。

隊友間常會以臺語「漚（àu）」加上守備位置，來形容失誤後很糟的樣子，例如「漚ピッチャー」就是爛投手的意思。其實這些話只是調侃，但我聽了卻非常在意。

我的心真的如此脆弱嗎？還是人有些時候都是脆弱的？

我想證明自己和父親一樣被期待和被肯定，我不想一輩子待在父親的光環底下。

然而，正是因為畏懼失敗，讓我無可避免地遇上失敗。

屬於團體運動的棒球，每一個環節都息息相關。投手能有效壓制對手，我方打線就能更有耐心、不浮躁地進攻；出現了第一個守備失誤，就會像傳染病一般出現第二、甚至更多的失誤。但一場比賽的輸贏，絕對不是由單一個人或單一個失誤決定。

之後的比賽依舊會發生一樣的狀況，但我會試著冷靜，回想諮商師的話，漸漸發現我開始可以與它共存。失誤也好、美技也好，都是我打棒球的樣子，我開始接受自己，接受自己的缺點。父親巨大的身影漸漸消失在我的夢裡，夢裡的我也不再渺小地躲在牆角了。

正當我以為接下來會順利的時候，第二次傷痛又隨之而來。

一場比賽中，我看見一壘跑者要盜向二壘，投手投出的滑球剛好一個彈跳進我手套，我為了牽制跑者，一心想趕快出手，於是站穩腳步，將球傳向二壘，卻清晰地聽見一聲「啵」從我的肩膀傳來。跑者安全上壘，我轉動一下手臂，覺得有什麼東西鬆掉，但一開始些微的疼痛我沒有太在意，直到將球回傳給投手後感到疼痛愈來愈強烈，就像有人拿著尖銳的東西往肩關節深處鑽進去，我揮手示意教練將我換下場，因為右手臂已經麻痺到手指了。

到醫院檢查後發現是旋轉肌拉傷加上肩夾擠，通常發生在需要將手高舉過肩的運動。那時物理治療的風氣剛起步，花蓮找不太到治療所，我以為休息幾天就會沒事，結果卻不如我想像。練球時若用平常的方式丟球，球一出手肩膀便隱隱作痛，於是我嘗試從不同的角度出手，尋找不那麼痛的方式丟球。受傷後的肩膀，出手高度愈來愈低，最後根本不像捕手在傳球。傳向二壘的球有如一隻虛弱的鳥，在地上彈了兩次才被游擊手接住。

受傷後除了出手的高度愈來愈低，看待事情的角度也愈來愈狹隘。有一次，我在課後時間找隊友自主訓練，想看看自己是不是真的做不到了。那個下午投完五十多顆球，我沮喪地坐在草地上，眼淚不由自主地流下來。沒了傳球的能力，就再也不能當棒球選手了，當時我的觀念就是如此。

我依然會到球場，但已經沒有求勝的意志，只剩下割捨不去的眷戀——對於隊友的情感，對於接到投手的快速球時手套發出巨大響聲的眷戀。我知道自己已經放棄了。

日後回想起來，自己錯過了不少時光，包括和隊友一起輸球的遺憾。就像把傷口藏起來一樣，我不願讓失敗的自己站在球場上，被對手嘲笑、扯隊友後腿，因而也放棄了大學最後一次和隊友打球的機會。即使畢業後還有機會一起打球，但我們都知道那不是同一件事了。

直到研究所時，看了王建民的紀錄片《後勁》，聽見王建民在電影中說若能回到大聯盟，一天就好，我在螢幕前淚流不止——我也想回到球場，一天也好。

於是我開始嘗試重量訓練、調整動作，增加肌力和找回關節活動度與柔軟度，請教專業教練如何訓練、伸展及放鬆。每次重訓，我都是帶著期待回到場上的心情，不管做得多重、多累，只有一個目標就是回到場上。我對著健身房的鏡子，拿著一條毛巾反覆做投球動作，十次、二十次……直到滿意了才回家。

二〇二一年的大專系際盃棒球賽，我回到球場了，或許是我目前人生中最精采的比賽。我們前五局一分落後給師大地理系，六局下半靠著保送，不斷纏鬥後打出三支安打，拿下四分，一口氣將賽局逆轉。最後一局，我們成功守成，晉級全國八強。比賽中我們無比專注，每一次穩健地傳球、每一次確實地防守，大夥一起把比數咬緊。我們就像是坐上一輛遊覽車，沿著晴朗的海岸順暢地開下去，轉彎後看見的每一處礁石和海面都有各自的紋路和美麗。比賽中有失誤也有安打，肩膀也不再作痛，我開始明白即使事情不完美也可以很快樂。我發現自己可以放下比賽裡的所有過錯，專注把握下一顆來球。

縱使動作不比過去順暢，但我已經感覺不到劇烈疼痛，也不再感到絕望。能夠比賽真是太好、太好了，直到現在我還在努力找回過去的身手。

求學的最後三年，我試著以指導者的身分待在球隊，和另一位夥伴一起思考訓練模式，思考如何增進球隊實力。曾經逃避的我重新回到場上，不過身分已經不同，訓練他們的同時我也時時提醒自己，不要讓球員和我一樣。

或許是一種補償心態吧，我比以往更加慎重地看待棒球。

身分轉為指導者後，抽離球員的角色，從旁觀者的視角意外得到更多、更豐富的感受。不再像以前專注在技術、動作，轉而思考我要如何讓球員贏得這場比賽，或是輸得有意義。對我來說，「下判斷」是一件困難的事，教練要在一秒之內決定好下一步對策，像是要不要短打、要不要盜壘，或是換投手的時機，這些都不能猶豫。人只要產生情感就容易失去客觀，有時要相信選手，有時則不能太相信選手，我在幾次經驗中體會這件事的不易。過去常聽認識的教練說：「棒球真是學不完啊。」此刻，我深刻的明白了。

棒球給了我很多快樂的回憶，很多痛苦和遺憾。細想過去的時光，比賽中總是輸的時候比贏的時候多，受傷更讓我放慢腳步從頭來過。這項高失敗率的運動中，很多人的熱情是被運動傷害消磨殆盡的。國小畢業時多數隊友都選擇繼續打球，我天真地以為一定還會在比賽場上見到他們，後來才發現他們大部分已經脫離球員身分，或者離開這個領域。我自覺是幸運的，能以另一種方式待在球場。

另一方面，沒辦法成為職棒球員，或許可以成為一個寫棒球的人？我在研究所時期開始萌生這樣的念頭，在歷經反覆練習、請益、修改與調整後，這八篇小說終於從休息區、牛棚裡一一走出來了。

寫這些故事的過程中有賴固定地練習，也會不斷遇到挫折，再尋找其他方法，從許多作家的作品風格、手法中吸收養分，轉化成自己能運用的技藝。「失敗了就再站起來，有一天我也會找到適合自己的姿勢，屬於自己的姿勢。」我是用這樣的心態在創作的。

花蓮有棒球比賽時，帶隊參賽的同時有機會和其他教練聊天，有些故事因而不經意地被我撿到，查找資料則讓我彷彿回溯臺灣棒球血液流動的軌跡。這本小說完成的那一刻，我明白傷痛並不會消失，也不會完全復原，如同我已經可以與失敗和肩傷共存共生。

每次離開球場前我都會站在壘線旁向球場鞠躬，對這塊球場、這塊土地說聲謝謝，謝謝它賜給我棒球和故事。

某次體能練習之後，所有人氣喘吁吁地躺在外野草皮上休息，和隊友一起看著球場的上空，如此清澈，如此遼闊，大家躺著說起過去的比賽趣事，很有默契地大笑著。回家路上我聽了八十八顆芭樂籽的〈野球狂之詩〉，於是寫了一首同名詩：

〈野球狂之詩〉

「剩下我們一直在喊，
飛起來、飛起來，飛出去。」

離開球場
腳步黏住
在紅土上留下一個腳印

當縫線數到一百零八的時候
願望並沒有發生
冬天的花蓮
沒有浪漫的音樂
最後離開的人
並沒有最幸福

轉啊，轉啊
外野草皮上，我們都躺在那裡
一個炎熱的早晨
汗水，風，飛球
過去接住！
彼此的眼神，然後擊掌
「帶我離開，

然後再請帶我回來。」

冬天的花蓮，我們

有棒球，還有搖滾樂

書寫這部作品時，常常在蒐集材料和故事時被感動，如同電影《夢幻成真》般，我試著在小說裡建造一座球場，讓這些逝去的人事物再次出現，重現過往的美好時光。我也期待讀者能在我建造的球場中，找到自己熟悉的座椅或守備位置。如果可以，請再相信自己一次，不妨再吶喊一次，再投一球，再打出一支安打，或者奮不顧身地再飛撲一次。

特別致謝

感謝東華大學中文系黃如君老師，讓我知道如何學習文學與欣賞，啟發我思考事物的各種面向，老師對我的叮嚀與鼓勵我一直都記得。感謝吳明益老師帶我探索文學的多面性，打開我在閱讀與寫作的另一隻眼睛，並給我時間去嘗試與犯錯。感謝許又方老師和我聊棒球比賽的大小事，常在討論作品時忘記時間，老師總是給予我作品精準的意見，推薦我許多棒球的故事和影片，讓故事能長出不一樣的果實。感謝詩人葉覓覓老師當初對我的提點與建議，我一直記得老師鼓勵我時溫柔的聲音，還有詩塔羅散發的每一道光。感謝新經典文化副總編輯梁心愉女士的肯定，不斷和我討論、修改，並建構故事的完整度，調整我作品的體質，讓每個故事都更加踏實、穩固。感謝啟明出版發行人林聖修先生，在畢業口考時給予的鼓勵與建議，我將其好好地收著。

感謝資深球評曾文誠先生、球魂網站副站長林言熹先生、作家陳德政先生、小說家黃崇凱先生、楊富閔先生及黃暐婷女士，以及自轉星球社長，也是投手的黃俊隆先生的認可與推薦。感謝洪世民先生、李家麒先生對於書中棒球相關內容提出疑義，以及蕭佳傑先生對小說的提點，這些都幫助我將作品修正得更加正確、完整。

另外，感謝小蓓，在無數個夜晚和海邊，無數通電話和書信往返的日子裡，謝謝妳與我分享的每一個故事，讓通話蓋過午夜的時間，謝謝妳的陪伴與溫暖。

感謝雷從漢、陳昕、劉子傑，很幸運大學期間有你們一起討論文學、感受文學的美好，分享音樂、電影和彼此生活的痛苦。記得日光矇矓的清晨，我們會互相安慰，然後各自回家陷入長長的睡眠。和你們相聚時，是我生命中最快樂的時候。

感謝JD和阿貓、詠詮和政融，我們在研究所的日子裡互相給對方的作品建議，更多的是支持與打氣。

感謝在花蓮遇到的各位棒球界前輩、教練，給予我技術的訓練與建議之外，也提供我許多故事素材。

感謝東華大學棒球隊成軍時的老爹、瀚文教練、孟哲教練、阿亮教練、彥鈞教練，以及Tamih Amuy、鈞彥等第一屆隊友，以及其他畢業隊友、在校隊友們，雖然我們離冠軍非常遙遠，但我得到許多與你們的開心回憶和遺憾，感謝一直留在身邊的隊友，也包含那些默默離開的。

感謝M和H，和妳們在一起時讓我感受到愛與包容，也讓我學習如何去愛和道別。

更要感謝我的家人，漸漸支持我想做的事，給予我物質與精神上的安穩，沒有你們，我很難完成這部作品。

參考書目

- 謝仕淵、謝佳芬《臺灣棒球一百年》，初版，臺北：果實出版，二〇〇三年八月。
- 吳淑敏、吳淑真《拓南少年史：尋找失落的拓南工業戰士》，初版，臺北：向日葵出版社，二〇〇四年八月。
- 大貫惠美子《被扭曲的櫻花》（ねじ曲げられた桜——美意識と軍国主義），堯嘉寧譯，初版，臺北：聯經出版社，二〇一四年九月。
- 小熊英二《活著回來的男人》（生きて帰ってきた男——ある日本兵の戦争と戦後），黃耀進譯，初版，臺北：聯經出版社，二〇一五九月。
- 瑞克・安基爾（Rick Ankiel）、提姆・布朗（Tim Brown）《心魔：前 MLB 天才投手瑞克・安基爾的運動「失憶」錄》（*The Phenomenon: Pressure, the Yips, and the Pitch that Changed My Life*），李秉昇譯，初版，新北：堡壘文化出版，二〇二三年四月。

- 佩卓．馬丁尼茲（Pedro Martinez）、麥克．希爾佛曼（Michael Silverman）《神之右手：佩卓．馬丁尼茲自傳》（*PEDRO*），威治譯，初版，臺北：商周出版，二〇一五年十月。
- 馬里安諾．李維拉（Mariano Rivera）、韋恩．考菲（Wayne Coffey）《終結者：馬里安諾．李維拉自傳》（*The Closer*），威治譯，初版，臺北：商周出版，二〇一五年一月。
- 查德．哈巴赫（Chad Harbach）《防守的藝術》（*The Art of Fielding*），施清真譯，初版，臺北：時報出版，二〇一二年七月。
- 吳明益《天橋上的魔術師》，初版，新北，夏日出版，二〇一一年十二月。
- 海明威（Ernest Miller Hemingway）《沒有女人的男人》（*Men Without Women*），丁世佳譯，初版，臺北：新經典文化，二〇一四年十一月。
- 游朝凱（Charles Yu）《內景唐人街》（*Interior Chinatown*），宋瑛堂譯，初版，臺北：新經典文化，二〇二二年五月。

文學森林LF0189

斷棒——陳尚季短篇小說集

作者
陳尚季

一九九六年秋天生於臺中，十八歲後長於花蓮。東華大學中國語文學系、華文文學系創作所畢。有時寫作、打棒球和釣魚。

從小幻想靠棒球過生活，打過臺中縣豐田國小少棒隊、臺中市豐原高中棒球隊，以及國立東華大學棒球隊，主要擔任捕手，也曾擔任投手、一壘手和外野手。大學最後一場球賽結束之後，改以文字完成自己的夢，試著將一次投球、一次揮棒寫進故事裡。始終相信，一直寫下去，那逐漸被遺忘的人事物會在某個魔幻時刻裡，重新再出現一次；而比賽，還沒結束。

曾獲王禎和青年文學獎助學金、東華奇萊文學獎。

本作品獲國藝會常態創作補助

封面設計　楊啟巽
版面構成　楊玉瑩
版權負責　李家騏
行銷企劃　黃蕾玲、陳彥廷
副總編輯　梁心愉
初版一刷　二〇二四年六月三日
定價　三六〇元

ThinKingDom 新經典文化
發行人　葉美瑤
出版　新經典圖文傳播有限公司
地址　臺北市中正區重慶南路一段五七號十一樓之四
電話　02-2331-1830　傳真　02-2331-1831
讀者服務信箱　thinkingdomtw@gmail.com
FB粉絲專頁　https://www.facebook.com/thinkingdom/

總經銷　高寶書版集團
地址　臺北市內湖區洲子街八八號三樓
電話　02-2799-2788　傳真　02-2799-0909
海外總經銷　時報文化出版企業股份有限公司
地址　桃園市龜山區萬壽路二段三五一號
電話　02-2306-6842　傳真　02-2304-9301

國家圖書館出版品預行編目(CIP)資料

斷棒/陳尚季著. -- 初版. -- 臺北市：新經典圖文傳播有限公司, 2024.06
272面；14.8 × 21公分. -- (文學森林；LF0189)
ISBN 978-626-7421-29-1(平裝)
EISBN 9786267421284
863.57　　113006005